1781

W0002562

Josef Frey hat sein Leben als Mordermittler verbracht, in München, und er kennt diese Stadt wie kein zweiter. Doch seit fünf Jahren ist er raus. Morbus Bechterew hat ihn im Griff, der Russe, wie der Kommissar a. D. die Krankheit in seinem Rücken nennt, sie zwingt ihn, den Blick auf den Boden zu richten, den goldenen, unbezahlbaren Münchner Boden. Weil sie gegen die Schmerzen helfen, raucht er Cannabiszigaretten, und seither ist er für seine Freunde Schani und Moni nur noch der Smokey. Sie verbringen ihre alten Tage in München Obergiesing, dort, wo der Verkehr auf der Tegernseer Landstraße rauscht wie die Isar am Flaucher. Bis der Schani, der sich als Immobilienhai einen unrühmlichen Namen gemacht hat, eines Morgens mit dem Gesicht nach unten in einer Baugrube liegt. Auf der Suche nach der Wahrheit über den Tod seines Freundes geht der Smokey nun durch sein griabiges München. Denn die Antwort, das weiß er, findet sich nirgendwo sonst als in den Straßen dieser schönen und grausamen Stadt.

Tanja Weber hat ihre Zeit zu gleichen Teilen in Berlin und München verbracht. Sie arbeitete als Theaterdramaturgin und war als Drehbuchautorin tätig, u. a. für *Verliebt in Berlin* und *Türkisch für Anfänger*. Ihr erster Roman *Sommersaat* (2011) wurde für den Friedrich-Glauser-Preis nominiert. Sie lebt mit ihrer Familie im Umland von München.

TANJA WEBER

BETONGOLD

Kriminalroman

Hoffmann und Campe

1. Auflage 2022
Taschenbuchausgabe

www.hoffmann-und-campe.de
Umschlaggestaltung: zero media, München
Umschlagabbildung: München / Struktur: FinePic®, München
Mann: © Tim Robinson / Trevillion Images
Satz: Pinkuin Satz und Datentechnik
Gesetzt aus der Dante MT
Druck und Bindung: GGP Media GmbH, Pößneck
Printed in Germany
ISBN 978-3-455-01300-9

Ein Unternehmen der
GANSKE VERLAGSGRUPPE

Die Handlung und alle handelnden Personen sind frei erfunden. Jegliche Ähnlichkeit mit lebenden oder realen Personen wäre rein zufällig.

THE GAMES MUST GO ON

MÜNCHEN 1972

Der Terrorist, der sich vom Balkon des olympischen Dorfes beugt.

Scharfschützen in Trainingsanzügen.

Hans-Dietrich Genscher.

Ein Hubschrauber mit Geiseln.

Der Schriftzug des Flughafens Fürstenfeldbruck.

Und dann in schneller Folge Schüsse, der Tower, Chaos, zwölf Tote.

Sechzehn Jahre alt, geboren und aufgewachsen in Obergiesing. Vater Eisenbahner, Mutter Hausfrau, keine Geschwister.

Und plötzlich steht die Welt vor der Tür und klopft an.

Damit ist die Entscheidung gefallen. Der Sepp wird zur Polizei gehen. Gleich morgen.

1

Der Schani war schon immer für das Unerwartete gut, und obwohl der Smokey gedacht hat, man könne ihn in diesem Leben nicht mehr überraschen, hat der Schani es geschafft, dort unten in der Baugrube.

Dass der Smokey doch noch einmal staunt.

Ausgerechnet Obergiesing, denkt er, dass sich der Schani ausgerechnet Obergiesing zum Sterben aussucht, das hätte er nicht gedacht. Vielmehr hat er auf Mallorca oder die Malediven oder wenigstens Ischgl getippt.

Ausgesucht ist der falsche Begriff. Es sieht von hier oben eher aus, als hätte der Tod den Schani eiskalt erwischt.

Zum Glück liegt er unten in der Grube, und er hängt nicht oben irgendwo an einem Baugerüst. Denn herunterschauen, das geht für den Smokey einwandfrei, er tut den ganzen Tag nichts anderes, aber hinaufschauen, das ist schon schwieriger.

Wegen seinem Bechterew.

Es gibt keinen Zweifel, dass es der Schani ist dort unten, dazu braucht man kein ehemaliger Mordermittler sein. Sogar die Frau Wiese hat das erkannt, deshalb hat sie ihn auch geholt, anstatt in der Wache anzurufen.

Für die Frau Wiese wie für alle Alten aus dem Viertel ist er eben immer noch der Polizist. Josef Frey, genannt Smokey. Früher Sepp.

Seit fünf Jahren ist er nicht mehr dabei. Vorzeitiger Ruhestand. Aber wann immer was ist, und wenn nur einer im Rossmann einen Ratzefummel geklaut hat oder sie sich in der Shisha Bar streiten, wird er gerufen, der Smokey.

Vielleicht liegt's daran, dass sich bei ihm nicht viel verändert hat. Er wohnt immer noch in der Herzogstandstraße. Da, wo er aufgewachsen ist. In der Wohnung seiner Eltern. Natürlich hat er nicht sechsundsechzig Jahre da gewohnt, zwischenzeitlich war er schon ausgezogen. Die erste eigene Wohnung war in der Watzmannstraße, direkt ums Eck. Eine schöne Wohnung, und manchmal, bevor er in die Arbeit gefahren ist, hat er beim Semmelnholen den Franz getroffen, der in der Zugspitzstraße gewohnt hat. Gegrüßt hat er ihn allerdings nicht. Der Smokey ist nachtragend, er hat dem Franz immer übel genommen, dass er zum FC Bayern gegangen ist anstatt zu den Löwen, wie er es vorgehabt hat. Nur weil ihm der König eine Watschn gegeben hat.

Der König watscht den Kaiser, schöner geht's nicht.

Der Vater hat ihm die Watzmannstraßenwohnung besorgt, als er die Ausbildung abgeschlossen hat. Der Bua braucht was Eigenes, so war das damals. Ohne eigene Wohnung keine eigene Familie, schon klar. Und der Papa war in der Genossenschaft, da war es kein Problem, dass der Sohn auch eine Genossenschaftswohnung bekommt, keine zwei Monate haben sie darauf gewartet.

Ein Jahr später ist die Gabi bei ihm eingezogen.

Mit der nächsten Gehaltsstufe haben sie sich vergrößert, weil man das so gemacht hat und weil man es konnte.

Heut geht das nimmer.

Oder nur, wenn man einer wie der Schani ist, immer flüssig und eine dicke Rolle Bargeld in der Hosentasche, mit einem Gummi zusammengebunden. Von den Albanern hat er sich das abgeguckt, von denen er seine Autos gekauft hat. Es hat dem Schani imponiert, dieses Lässige, einen getunten Golf bar aus der Tasche zahlen. Am Daumen lecken und die Scheine auf den Tisch blättern.

Aber so war es nur am Anfang, später ist der Schani mit einem neuen Maserati direkt aus dem Autohaus gefahren, oben aus dem Verdeck haben die Mädels herausgeschaut und Schampus aus der Flasche gesoffen.

Damals hat der Schani schon längst nicht mehr bei den Albanern gekauft, versteht sich. Ab einem gewissen Punkt mussten es Neuwagen sein, die ganz dicken Kisten.

Aber die Sache mit dem Geldbündel ist ihm geblieben, denkt der Smokey, und jetzt bohrt sich ein Gefühl durch seinen Panzer, den er sich zugelegt hat, seit die Gabi weg ist.

Sein alter Freund da unten.

Das Geldbündel steckt auch jetzt noch in der hinteren rechten Hosentasche, der Smokey kann die Beule genau sehen. Kein Raubmord also.

Aber es ist nicht mehr sein Job, sich darüber den Kopf zu zerbrechen, der Smokey ist erleichtert, er ist kein Mordermittler mehr. Gleich kommen die Kollegen und übernehmen hier, er hat ja die Durchwahl zur Mordkommission und sofort den Wolf angerufen.

Neben dem Gefühl für den alten toten Freund klopft

das schlechte Gewissen an, wenn er an die Kollegen denkt.

Denn als die Frau Wiese ihn aus dem Bett geklingelt hat, ist er erst einmal hin und hat selbst einen Blick auf die Situation geworfen, ob das wirklich der Schani ist und ob sie sich nicht täuscht. Sie ist über neunzig und sieht nicht mehr gut. Und dunkel ist es auch gewesen. Da wollte er schon selbst erst einmal die Lage checken, bevor er Alarm auslöst.

Aber sie hat schon recht gehabt, genauso wie sie vor zwei Monaten recht gehabt hat, wo das Haus mitten in der Nacht abgerissen worden ist. Damals hat er es auch nicht geglaubt, da hat sie ihn genauso aus dem Bett geklingelt.

Seitdem ist da die Baulücke. Es ist die Baulücke vom Schani, der das Haus abgerissen hat, obwohl er es bestreitet und behauptet, er war es nicht.

Aber der Smokey weiß genauso gut wie alle anderen, dass sein Freund mitten in der Nacht mit dem Bagger gekommen ist und das Haus abgerissen hat. Er hat sein Elternhaus – oder eigentlich Mutterhaus – dem Erdboden gleichgemacht und in das Herz von Giesing ein Loch gerissen. Weil er den Hals nicht vollbekommen hat.

Jetzt ist da also eine leere Stelle, so leer wie die Stelle, an der der Schani eigentlich selbst ein Herz hätte haben sollen.

Das war schon immer sein Problem, nur dass er das Problem jetzt gelöst hat, weil er mit seinem Dickschädel in einer Baugrube liegt, eine Wunde am Hinterkopf, die gar nicht gut aussieht.

Und oben heraus schauen die Cowboystiefel aus silbernem Schlangenleder, an denen jeder Depp erkennt, dass der schlimmste Immobilienhai von München ein böses Ende genommen hat.

»Und«, sagt der Wolf, als er neben ihm steht, »Fall gelöst?«

»Martin Schanninger. Siebenundsechzig Jahre. Immobilieninvestor, kinderlos, nicht verheiratet.«

»Alle Achtung.«

Der Wolf pfeift anerkennend, aber natürlich ist das ein Witz, denn auch er weiß genau, um wen es sich bei dem Toten handelt. Und obendrein, dass sein Vorgänger mit dem Schanninger seit Kindertagen befreundet war.

Oder lange befreundet war und zuletzt nicht mehr so sehr, man weiß es nicht.

Die beiden Männer, der Ex-Mordermittler und der Jetzt-Mordermittler, schauen den Leuten vom ED zu, wie sie den Fundort sichern und einen Bogen um die Leiche machen, bis der Arzt kommt und mit seinem Koffer und Schutzanzug herunterklettert und der Erste ist, der den Toten anfasst und dann nickt, alles klar, Tod bestätigt. Todesursache vermutlich Schädelfraktur, Genaueres erfahren Sie nach der Untersuchung, Todeszeitpunkt, hm, ja, mal Temperatur messen, also ich würde sagen, nicht länger als vier Stunden her. Fremdeinwirken nicht ausgeschlossen.

So genau kann der Smokey die Worte, hier, wo er steht, nicht hören, selbstverständlich, aber nach fünfzig Jahren bei der Polizei, da weiß man halt, wie der Hase läuft.

Smokey dreht sich um, die leere Herzstelle vom Martin Schanninger ist jetzt ein Tatort, vermutlich auch ein Fundort, aber die Wortklauberei ist wurscht, weil: Er, der Smokey, ist draußen.

»War eh klar, oder?« Der Moni zapft ihm eine Halbe, der Schaum läuft über die Tätowierung zwischen Daumen und Zeigefinger.

»Wieso eh klar? Siebenundsechzig ist kein Alter zum Sterben.«

Das Bier steht vor ihm, goldgelb und weiß. Der Schaum rinnt noch immer aus dem Glas und sabbert den Bierfilz voll. Der Moni meint's zu gut mit ihm. Ein Freund ist ein Freund.

»Wie man halt so sagt: ein Leben auf der Überholspur.«

»Selber«, erwidert der Smokey und nimmt den ersten Schluck. Es ist halb neun in der Früh, eigentlich hätte *Moni's Eck* noch zu, aber weil sie Freunde sind, der Smokey, der Schani und der Moni, gibt es eine Halbe für beide.

Für die beiden, die übrig geblieben sind. Und sie trinken auf den Dritten in der Baugrube, der jetzt nicht mehr bei ihnen sein kann.

Natürlich heißt der Moni nicht Moni, er ist ja keine Frau. Genauso wie der Smokey nicht Smokey heißt, er ist ja keine Band. Und der Schani? Ja mei.

Der Moni hat seinen Spitznamen nur daher, weil seine Kneipe so heißt: *Moni's Eck*. Die hat er damals für seine Frau, die Monique, gepachtet. Und sie natürlich nach ihr benannt, aus Liebe. Die Monique lebt nicht mehr, die Leute aus dem Viertel gehen aber noch immer in *Moni's Eck*. Früher hieß es, man geht *zur* Moni, heute sagt man eben, man geht *zum* Moni. Klingt ja auch besser als: Man geht zum Matthias Hinterkammer. Wie er richtig heißt.

Zum Frühstück ein Bier, ja wo sind wir denn. Einerseits. Aber andererseits stirbt nicht jeden Tag ein Mensch, mit dem man sechzig Jahre seines Lebens verbracht hat.

Außerdem ist der Smokey endlich nicht mehr Frührentner, sondern mit sechsundsechzig staatlich anerkannter Vollzeitrentner, da darf es schon einmal ein bissl mehr sein. Zumindest für den Smokey, als Beamter mit einer satten Pension. Der Moni, ein Wirt, der beim Corona nur noch selten Wirt sein darf, der wird immer arbeiten. Arbeiten müssen, bis er in die Grube kippt, aber das will der Smokey jetzt nicht sagen.

In der Grube liegt ja schon der Schani.

»Wer sagt's der Lizzy?«

Der Moni stellt die Frage, aber die Antwort kennt er ebenso wie der Smokey, der genau weiß, dass er der Elisabeth Schanninger sagen muss, dass ihr Sohn gestorben ist.

Aber besser er als die Polizei, also trinkt er die Halbe recht schnell und fühlt sich bereit. Er sagt dem Moni ciao und servus, tritt durch die Tür auf die Tegernseer Landstraße hinaus, wo ihn die Sonne blendet und ihm der Verkehr gleich was auf die Ohren gibt. Schiebt die Pilotenbrille auf die Nase und biegt ums Eck in die Gietlstraße. Widersteht der Versuchung, den Kollegen auf die Finger zu schauen, aber ein Blick hinein in die Baulücke ist erlaubt. Der Leichenwagen ist schon fort, die Flatterbänder neu, und vor lauter Schaulustigen kann er sonst nichts sehen. Aber passt schon, schaut er eben wieder hinunter auf das Pflaster. Wo er jeden Stein kennt und jeden Löwenzahn, der sich durch den Asphalt schiebt.

Linker Hand erhebt sich die Heilig-Kreuz-Kirche, die in der Münchner Morgensonne gar so göttlich leuchtet. Die

Kirche kann man so wenig verfehlen wie den Nockherberg oder das Sechzgerstadion, in Giesing kann man sich nicht verlaufen, auch nicht nach dem Starkbieranstich.

Liegt es am Bier, oder liegt es am Tod vom Schani, aber der Bechterew, der fette Russe, drückt ihn heute besonders schwer.

Das Sankt Alfonsheim ist ein gemütliches Heim mit einem schönen Innenhof, direkt am Berg gelegen. Der Schani wollte seine Mama in eine Seniorenresidenz am Chiemsee bringen, aber sie hat sich mit Händen und Füßen gewehrt. Doch nicht aus Giesing raus auf ihre alten Tage!

Die Elisabeth Schanninger ist im Viertel geboren, sie war eine von ganz unten, und als sie schwanger war, hat jeder gewusst, was passiert ist. Ein Amiflitscherl, so hat man sie genannt. Amerikaner gab's im Viertel schließlich genug, hier war die große Kaserne und die Siedlung, in der sie gewohnt haben. Aber die Lizzy hat sich immer ausgeschwiegen, wer der Vater von ihrem Bubi war, stattdessen hat sie hart gearbeitet, als Wäscherin, und gut für ihren Jungen gesorgt, den sie immer lieb gehabt hat. Irgendwann hat keiner mehr über sie geredet, die Zeiten haben sich geändert, und der Schani ist reich geworden und hat das halbe Viertel gekauft, die Häuser von der Neuen Heimat und noch so einiges, was keiner haben wollte, nach dem sich heute aber alle die zehn Finger schlecken.

Nein, eine noble Seniorenresidenz wäre nicht das Richtige für sie gewesen, findet der Smokey, als er durch die Gänge geht. Ruhig ist es, riecht nach Putzmittel und Linoleum, die Sohlen seiner Sneakers quietschen, und er denkt, dass es ihm hier auch gefallen würde, im Sankt Alfonsheim.

Mal sehen, wie lange er noch durchhält.

Er klopft höflich an die Zimmertür, obwohl es eigentlich nicht nötig ist, weil die Lizzy nicht mehr viel mitbekommt und sich mit ihrer Demenz eh über jeden freut, der hereinkommt. Sie ist vierundneunzig, ihr Geist hat es schon hinübergeschafft in das Gelobte Land, jetzt muss nur noch der Körper hinterher.

»Servus, Lizzy«, sagt er leise, und sie dreht den Kopf. Es ist ein kleiner Kopf in einem großen Kissen, ein bisschen weißer Flaum obendrauf und sonst alles Falten.

Sie lächelt und schaut ihn an.

Der Smokey setzt sich zu ihr ans Bett und nimmt ihre Hand, ihre federleichte Hand aus Seidenpapier, und er weiß nicht, wie er es ihr sagen soll. Obwohl sie es ohnehin nicht versteht, aber weiß man's?

»Der Bubi«, sagt die Lizzy und kommt ihm zuvor. Sie legt ihre Hand auf die Wange vom Smokey, der sich jetzt sehr zusammennehmen muss, dass er nicht flennt.

MÜNCHEN LEUCHTET

1974

»Magst?«

»Na.«

Der Sepp schüttelt den Kopf.

»Weil du Bulle bist?«

Der Hias zieht tief am Joint und müht sich, den Rauch so lange wie möglich zu halten. Als er ihn durch die Nase ausstößt, hustet er, lächelt und hält ihn dem Schani hin.

Der fischt eine Ernte 23 aus der Packung. »Geh weg mit deinem Hippiescheiß.«

Die Bierflasche, die er eben noch in der Hand gehabt hat, rollt den Hang hinunter. Der Schani gibt ihr mit dem Fuß einen Schubs und öffnet sich mit dem Feuerzeug die nächste.

»Spießer.«

Der Hias lässt sich hintenüberfallen, breitet die Arme aus.

Der Poncho, den der Hias trägt, sieht aus wie der Teppich im Flur von seiner Oma, denkt der Sepp.

Der Schani und er schauen jetzt nach vorne auf die Seebühne, wo sich die Musiker die Finger in ihren Sitars verhaken, eigentlich auch ein rechter Hippiescheiß, finden sie. Der Schani mag die Hits auf Bayern drei, und der Sepp steht auf Bob Dylan.

Der Hias hat sie hierhergeschleppt, ins *Theatron*, und wenn man eingeladen wird, dann sagt man nicht nein, es ist außerdem sein achtzehnter Geburtstag.

»Gehma nachher noch ins *Crash*?«

Das ist typisch für den Schani, dass er bei einer Aktion schon an die nächste denkt. Immer in Bewegung, dabei ist es ein super Sommertag, die Wiese auf dem Hügel im Olympiapark ist so grün, als wär sie frisch gestrichen, die Sonne steht hoch, und das Glasdach wirft Blitze unters Volk.

Wieder schüttelt der Sepp den Kopf. Er hat dem Papa versprochen, dass er ihm nachher noch beim Schlachten der Hasen hilft, auch wenn es ihm zuwider ist. Er mag die Tiere, ihre weichen und immer heißen Ohren, den sanften Blick.

»Ich hau ab«, sagt der Hias.

»Jetzt? Ich denk, du willst feiern? Keine Party?«

Die Enttäuschung steht dem Schani groß auf der Stirn, er hat sich mehr erhofft von einer Feier zum achtzehnten Geburtstag. Er ist der Älteste von den dreien, bald zwanzig. Fährt einen Ford und nicht mehr seine Zündapp. Den Gesellenbrief hat er in der Tasche, er arbeitet ja schon lange und nicht wie der Sepp, der erst bei der Polizei angefangen hat.

Der Hias wiederum macht nichts Gescheites, er hilft bei seinem Vater im Getränkemarkt, und so wie es aussieht, fängt er auch nichts Größeres an mit seinem Leben, jedenfalls nicht so schnell.

Das gäb's bei Sepp seinem Vater nicht. Nichts tun und

in den Tag hineinleben. Auch nicht die langen Haare vom Hias.

»Na!«, sagt der jetzt und rollt sich auf die Seite, reißt ein Gänseblümchen aus und steckt es sich in den Mund. Er kaut darauf herum. »Nicht jetzt. Überhaupt. Fortgehen.«

Schani fällt die Kinnlade herunter. »Fort? Von hier? Ja spinnst du!«

Er streckt beide Arme aus, und der Sepp staunt über die Muckis, das kommt vom Gerüstbau, ist ja klar, wenn man jeden Tag aufbaut und abbaut.

Polizeisport ist ein Dreck dagegen.

Der Hias schaut streng. »Reg dich ab. Du musst ja nicht fortgehen, aber ich. Ich mag noch einmal was anderes sehen als die Tegernseer Landstraße und vielleicht noch die Isar oder den scheiß Stachus.«

Jetzt springt der Schani auf, sein weißes Unterhemd spannt sich über der Mordsbrust, er dreht sich um seine eigene Achse, die Bierflasche in der einen, die heruntergebrannte Ernte in der anderen Hand.

Und er brüllt.

»Siehst du des? Schau dich einmal um, du Spasti, wie super des is! Die schönste Stadt der Welt!«

Von der Wiese schauen die anderen schon her, da legt der Schani noch eins drauf und schreit lauter als die Sitars heraufklingen, hinunter zur Seebühne: »Die gottverdammt schönste Scheißstadt der Welt!«

Wie zwei Deppen schauen der Sepp und der Hias hin und her, sie sehen das, was sie immer sehen, wenn sie hier sitzen, sie sehen den Olympiapark und den Olympiasee, das Olympiastadion und den Olympiaparkplatz.

Und den BMW-Vierzylinder, der schon ganz schön super ist.

Alles neu, alles schön, München leuchtet.

Nur der Sepp sieht manchmal die Blutspuren und denkt an den Helikopter, wie er über dem Olympiadorf aufsteigt.

Er fragt sich, wie der Schani das so sagen kann, der aus Giesing selten rauskommt, vielleicht einmal bis Freising oder höchstens Garmisch, aber selbst da war er bestimmt noch nicht.

Der Sepp dagegen kennt Bibione und war einmal zum Skifahren in Südtirol.

»Ich scheiß auf die schönste Stadt der Welt.«

Jetzt wird auch der Hias patzig und verschränkt die Arme über der Teppichbrust.

Auch die zweite Flasche Bier hat der Schani ausgetrunken, blitzschnell geht das bei ihm. Er setzt sich wieder hin, wahrscheinlich brummt ihm der Schädel, von der Sonne, dem Bier und weil er sich aufgeregt hat. Ganz ernst schaut er seinen Freund an.

»Ich versteh's nicht. Erklär's mir. Du bist doch hier daheim.«

Auf die Erklärung ist jetzt auch der Sepp gespannt, der im Traum noch niemals daran gedacht hat, irgendwo anders hinzugehen. Er ist in München geboren, genauso wie sein Vater und seine Mutter und seine Großeltern. Davor hat die Familie einmal in Niederbayern einen Bauernhof gehabt, aber wegen der Arbeit sind sie vor hundert Jahren in die Stadt gekommen.

Und wegen der Arbeit sind sie geblieben. In München wohnt das Geld, sagt sein Vater, und auch wenn man es nicht überall sieht, vor allem nicht in Obergiesing oder der Au, weiß der Sepp, dass es stimmt. Man muss nur einmal nach Grünwald fahren oder nach Nymphenburg. Auf der Wiesn sitzen die Großkopferten im Schottenhamel zusammen, und in der Maximilianstraße fahren sie den BMW spazieren.

»Ich mag was sehen von der Welt«, sagt der Hias, reckt das Kinn nach vorne und streicht sich mit beiden Händen die langen Haare aus dem Gesicht. Zeigt hinunter zu den Sitarspielern und sagt: »Indien zum Beispiel. Das könnt ich mir schon vorstellen.«

»Geh, Schmarrn.«

»Schon. Einfach rumreisen. Der Sohn vom Weidinger Fred ist nach Afghanistan! Oder Pakistan. Stellt's euch das vor. Mit einem Spezl und einem alten Auto. Die haben was transportiert für einen, der hat ihnen sogar die Reise bezahlt.«

»Waffen«, sagt der Schani.

»Drogen«, sagt der Sepp.

Und dann sagen sie nichts mehr. Alle drei. Sie rauchen, trinken Bier – der Schani hat für jeden was dabei – und hängen ihren Gedanken nach. Die helle Musik füllt ihre Köpfe mit Bildern, von heißem Staub und leuchtenden Gewändern. Frauen mit langen schwarzen Haaren und grimmigen Männern.

Der Hias lächelt, weil er es nicht abstellen kann.

Der Sepp weiß nicht so recht.

Aber der Schani schüttelt sich und wedelt mit der Hand herum.

»Gute Reise«, sagt er und lacht plötzlich, »meiomei. Du bist verrückt.«

Und dann lacht auch der Sepp, und der Hias kann nicht anders als sich auch kugeln, meiomei.

»Und du?«, fragt der Hias schließlich den Schani. »Was willst du? Kannst doch nicht dein Lebtag Gerüste aufbauen?«

Der Schani dreht sich auf den Bauch, schaut versonnen über die Stadt, in der jetzt die Lichter angehen, weil die Sonne langsam hinter Fürstenfeldbruck versinkt und die Alpenkette im Süden rot glühende Spitzen bekommt.

»Ich«, sagt er, »ich mach mein Glück.« Und dabei reibt er die Spitzen von Zeigefinger und Daumen aneinander.

2

In diesem Kaffee bleibt der Löffel von selbst stehen.

Smokey kennt das Gebräu von der Frau Wiese, wenn er die halbe Tasse getrunken hat, steht er in der Nacht im Bett. Trotzdem mag er den Kaffee, der ihn an seine Mutter erinnert. Die die Bohnen noch mit der Hand gemahlen hat. Er denkt an den Melittafilter aus Keramik und wie seine Mutter das heiße Wasser langsam, ganz langsam und in Kreisbewegungen in den weißen Papierfilter gegossen hat. Schon als Bub hat er diesen Geruch gemocht. Als er später seine Ausbildung bei der Polizei angefangen hat und immer früh aufstehen musste, hat die Mutter ihn jeden Morgen in der Küche mit dem frisch aufgebrühten Kaffee begrüßt.

Mit dem kannst du Tote aufwecken. Den Satz hat sein Vater gesagt, jedes Mal, bei jeder Tasse, die die Mutter ihm hingestellt hat.

Bei dem Kaffee von der Frau Wiese fängt der ganze Ostfriedhof zu tanzen an.

Beim Smokey daheim steht noch eine alte Kaffeemaschine von Tchibo, die die Gabi angeschleppt hat. Als sie ausgezogen ist, hat sie dem Sepp die Maschine gelassen, weil daraus der Kaffee viel zu scheußlich schmeckt.

»Nichts habe ich gesehen.« Frau Wiese setzt sich zu ihm an den Tisch, ihre Finger streichen das Spitzendeckchen glatt, sie zittern. »Gar nichts. Es war nur so ein Gefühl. Ich bin wach gelegen und war unruhig. Dann bin ich aufgestanden und habe aus dem Fenster gesehen.«

»Und was haben's gesehen?«

Die Frau Wiese schaut ihn an, als wäre er nicht ganz gescheit.

»Ja nichts. Das habe ich doch gerade gesagt.«

Damit er jetzt nicht aus der Haut fährt, nimmt der Smokey einen Schluck von dem fabelhaften Kaffee. Das hat er gelernt in den vielen Jahren beim Mord: immer schön wohltemperiert bleiben.

»Aber Sie haben mich doch aus dem Bett geholt«, versucht er es noch einmal und setzt die Tasse, eine dünnwandige Porzellantasse mit Goldrand, sehr behutsam ab. Auf die Untertasse auf dem Spitzendeckchen. »Wenn Sie gar nichts gesehen haben, liebe Frau Wiese, dann wären Sie doch nicht zu mir gekommen und hätten mich herausgeklingelt.«

»Ja schon.« Die Finger von der Frau Wiese zittern jetzt noch stärker, sie wirft einen Blick hinaus, durch die Vorhänge vor dem Wohnzimmerfenster.

Eigentlich ist es nicht mehr sein Job, eigentlich soll er sich gefälligst raushalten, aber wie er in der Nacht nicht schlafen konnte wegen der Schmerzen vom Bechterew, ist es dem Smokey wieder und wieder durch den Kopf gegangen.

Wie der Schani in der Baugrube liegt. Die er selbst gegraben hat. Dass es natürlich ein Unfall sein kann, er ist gestolpert, im Dunkeln mit seinen Cowboystiefeln ausgerutscht oder über einen Stein gefallen.

Kann schon sein.

Einerseits.

Andererseits ist der Schani in seinem Leben über tausend Baugruben gestolpert, auch in den Stiefeln und nicht immer ganz nüchtern, und nie ist etwas passiert.

Noch schwerer aber wiegt für den Smokey, dass der Schani tunlichst versucht hat, sich von der Baugrube fernzuhalten, wegen der er so viel Ärger bekommen hat.

Das Haus, das der Schani abgerissen hat, das sein Mutterhaus war, das war obendrein leider denkmalgeschützt. Gesehen hat man es nicht, es war ein winziges und feuchtes und dunkles Haus. Die Lizzy hat ja nie Geld verdient und hat sich keine schöne Wohnung leisten können. Aber zu der Zeit, als der Schani die Gerüstbaufirma von seinem Chef übernommen hat, weil er fleißig war und ehrgeizig, da hat das Häusl leer gestanden. Keiner wollte darin wohnen, es waren die späten Siebziger, da wollten alle in die schönen neuen Häuser von der Neuen Heimat einziehen und nicht in so eine kleine Hütte. Auch der Schani wollte nicht, dass seine arme Mama da reingeht, er hätte sie lieber in einer modernen Wohnung gesehen, aber sie hat nicht gewollt. Sie wollte das kleine Haus in der Gietlstraße. Mit dem Garten hintendran, wo sie Hühner gehabt hat und Gemüse.

Das war wie später mit der Seniorenresidenz und dem Sankt Alfonsheim. Der Schani wollte immer groß und hell und neu für seine Mama, aber die Lizzy mit ihrem Dickschädel hat sich durchgesetzt. Niemals höher hinaus und auch nicht das Geld von ihrem Sohn, als der einen Highfly nach dem anderen bekommen hat.

Jahrzehntelang hat die Lizzy in ihrem Häusl gewohnt, das geduckt zwischen den höheren Häusern stand, als wenn es sagen wollte: Schaut mich bloß nicht so genau an.

Aber irgendwann hat es jemand genauer angeschaut und festgestellt, das ist ein Baudenkmal, weil es typisch für die Bebauung vor hundertfünfzig Jahren war, und dann sollte der Schani die Modernisierungen, die er für seine Mama vorgenommen hat, wieder rückgängig machen. Das hat ihm gestunken, schon klar. Er hat geschimpft, ob er jetzt wieder ein Plumpsklo hineinbauen soll statt dem Badezimmer oder wie oder was. So ist es eine ganze Zeit lang gegangen, der Schani hat sich mit der Stadt gestritten, und der Lizzy war es wurscht.

Und auf einmal war Ruhe.

Aber so eine seltsame Ruhe, das hat der Smokey schon immer gedacht, mit dieser Ruhe stimmt was nicht.

Auch der Moni hat gesagt, da ist etwas faul.

Vor allem weil der Schani nicht mit ihnen geredet hat. Sonst hatte er immer eine ganz große Klappe, jeden Schmarrn hat er seinen alten Freunden erzählt, aber als es um das Häusl ging: kein Wort.

Als seine Mama nicht mehr allein bleiben konnte, weil sie nicht mehr gewusst hat, ob sie den Herd angemacht hat oder dass sie in der Nacht um drei nicht im Nachthemd zum Einkaufen gehen soll, und der Schani sie zähneknirschend ins Sankt Alfonsheim verfrachtet hat, stand das Häusl leer.

Was schon komisch war, weil der Schani jeden Quadratzentimeter zu Geld gemacht hat, jede Absteige hat der vermietet, für ein Heidengeld. In die Häuser am Stadtrand, die alten Absteigen, wo der Schimmel sich durch die Decken gefressen hat und kein Klo mehr funktioniert, hat er Bulgaren reingequetscht, ihnen Miete abgeknöpft, dafür hätten die in ein Hotel am Bahnhof gehen können, wenn sie es nur gewusst hätten. Regelmäßig hat er Bußgeld zahlen müssen, aber das war ihm völlig gleich.

Das Bußgeld haben quasi die Bulgaren für ihn bezahlt.

Also einen Leerstand, das gab es nicht im Imperium vom Martin Schanninger.

Der Smokey und der Moni haben sich gewundert, aber vom Schani kein Wort.

Stattdessen ist er mitten in der Nacht mit einem Bagger angerückt und hat das Häusl von seiner Mama zu Klump gehauen.

Dann ging der Rummel aber richtig los. Die Zeitungen haben berichtet, und der Oberbürgermeister hat vorbeigeschaut und hat mit den aufgebrachten Anwohnern gesprochen. Anzeigen hat es gehagelt, die Polizei hat ermittelt, und mit Bußgeldbescheiden war die Sache dieses Mal nicht aus dem Weg geräumt.

Und was hat der Schani gemacht?

Er hat rotzfrech behauptet, er war es nicht. Dabei hat man sehen können, wie der Bagger angekommen ist und ein Loch in das kleine Häusl gerissen hat.

Aber es war dunkel, keiner hat kapiert, was los war, und niemand hat Fotos gemacht.

Aber wehe, es darennt sich einer auf der Autobahn! Sekunden später ist er die Internetsensation.

Zwei Monate ist das her, und der Smokey hat den Überblick verloren, wie die Sache mit der Strafanzeige gegen den Schani ausgegangen ist. Wenn es überhaupt schon ausgegangen ist, vielleicht ist der Tod vom Schani in der Baugrube erst der Schlusspunkt unter der Geschichte.

»Also, liebe Frau Wiese. Vielleicht fällt es Ihnen ja noch ein, warum Sie mich mitten in der Nacht angerufen haben«, sagt der Smokey und setzt sein Erbschleichergesicht auf.

Er schwitzt jetzt schon sehr, der Kaffee dringt aus jeder Pore, besonders da, wo sein schwarzer Anzug zwickt. Unter den Achseln und im Schritt. Es ist seine Beerdigungsuniform. Er hat sie sich vor zwanzig Jahren gekauft, als er seinen Papa unter die Erde gebracht hat. Zwanzig Jahre, da war er noch um einige Kilos und einen Bechterew leichter. Sein Oberkörper war damals aufrecht, jetzt krümmt er sich um sechzig Grad nach unten, was dem Anzug nicht gut bekommt.

Immer wenn er ihn getragen hat – tragen musste –, hat er sich gefragt, ob es lohnt, den Anzug umzuschneidern. Aber bei jeder neuen Beerdigung würde er noch ein bisschen krummer sein, er müsste also vor jeder traurigen Gelegenheit zum Schneider gehen. Der Hashemi, der seine Schneiderei beim Smokey ums Eck hat, ist ein Künstler, der könnte ihm bestimmt die passende Biegung auf den Leib schneidern. Doch immer wenn eine Beerdigung ansteht, denkt der Smokey sich, dass es die letzte ist, bevor er selbst ins Gras beißen muss, und für das eine Mal passt es schon noch. Dann geht er mit dem entsetzlich zwickenden Anzug hin und ärgert sich.

Frau Wiese gießt ihm noch einen Kaffee in die Tasse. Der Smokey bringt es nicht übers Herz abzulehnen, stattdessen schaut er noch ein bissl netter.

»Ja, wegen dem Streit!«, sagt die Frau Wiese, schüttelt missbilligend den Kopf, weil der Herr Frey entweder nicht richtig zuhört oder schwer von Begriff ist.

»Dem Streit?«

»Ich hab doch gesagt, gesehen habe ich nichts – aber gehört!« Als wäre ihr ein schöner Scherz gelungen, schaut die Frau Wiese recht verschmitzt.

Jetzt trinkt der Smokey doch einen Schluck von dem Kaffee, was einen veritablen Schweißausbruch zur Folge hat.

Ein Streit, soso. Jetzt wird's interessant.

3

Sie stehen nebeneinander, die Männer außen, in ihrer Mitte die Aymée. Sie ist die Einzige, die weint.

Der Smokey würde jetzt gerne seinen Arm um sie legen, damit sie sich beruhigt, aber so krumm, wie er dasteht, kriegt er den Arm gar nicht so hoch, wie die Schultern von der Aymée sind. Er käme gerade um die Hüfte, und das gehört sich nicht.

Außerdem ist der Moni da, der schließlich ihr Papa ist, der muss sie trösten.

Aber der Moni wiederum steht da wie ein begossener Pudel, die langen Arme hängen an ihm herunter, als gehörten sie nicht zu ihm, die Haare hat er sich zu einem Zopf gebunden, er schaut aus wie ein alter Indianerhäuptling.

Aber einen Anzug hat er an: top. Der Stoff glänzt in der Sonne, der Kragen vom weißen Hemd gibt den Tattoos, die den Hals heraufkriechen, einen feierlichen Rahmen.

Der Smokey kann sich gut an das Datum erinnern, an dem er diesen Anzug das letzte Mal gesehen hat, es war der sechsundzwanzigste November Zweitausenddreizehn. Und da ist ihm nicht aufgefallen, wie schön der Anzug ist und wie gut er sitzt, weil er auf ein ganz anderes Bild geschaut hat, ein viel traurigeres.

Damals hat der Moni vor ihm gestanden, an seiner Hand die Aymée. Kein kleines Mädchen mehr, aber noch keine Frau. Die Schultern vom Moni haben gebebt, er stand gekrümmt, während die Aymée kerzengerade und aufrecht neben ihm ausgeharrt hat. Aber der Smokey hinter ihnen hat gesehen, wie schwer es ihr fällt, stehen zu bleiben, dass sie keinen Schritt machen darf, sonst mäht die Trauer sie um und den Moni gleich mit.

Und da hat der Smokey geflennt, aber richtig. Er hat um die Monique geweint und mit seinem Freund, der mit der Tochter dagestanden hat, vom Herrgott vergessen.

Und von der Monique verlassen.

Heute beim Schani kommen ihm keine Tränen, aber trotzdem tut's ihm weh, dass nun einer von ihnen in der Grube liegt, er hat den Schani ja gemocht, das schon.

Trotz allem.

Viele haben ihn nicht gemocht. Weniger wegen dem, wie er war, als vielmehr wegen dem, womit er sein Geld verdient hat.

Komisch, überlegt der Smokey jetzt und verdrängt die Überlegung, ob sie dem Schani wohl seine Schlangenlederstiefel gelassen haben, und überhaupt, wer entschieden hat, was der Schani als letztes Gewand trägt, komisch eigentlich, wie großzügig der Schani in seinem Privatleben gewesen ist. Er hat immer einen ausgegeben, schon früher, als er noch seine Ausbildung gemacht hat. Was der für Runden geschmissen hat, zuerst im *Diamond* und später in *Moni's Eck*. Und immer Gentleman, den Damen Sträußchen mitgebracht und Pralinen vom Dallmayr. Für den Moni und den Smokey eine Romeo y Julieta oder eine Montecristo und ein teures Flascherl hier und da.

Aber den Alten und den Familien, den Giesingern und denen, die nicht viel verdient haben, den Hahn abdrehen. Die Wohnung unterm Hintern wegziehen. Herausmodernisieren und umsetzen, luxussanieren und abreißen, größer und immer höher, ein richtiges Arschloch ist der Schani in seinem Job gewesen.

Deshalb steht hier außer dem Moni, der Aymée und ihm auch kein einziger wirklicher Freund.

Bei der Beerdigung von der Monique war der Ostfriedhof voll. Alle waren sie da, weil bei der Monique haben sich schon immer alle getroffen, ob es jetzt in der Kneipe war oder eben am Grab.

Die Monique hat das größte Herz von Giesing gehabt und das lauteste Lachen. Die dunkelste Haut und die verrücktesten Klamotten sowieso. Wo die Monique war, hat die Sonne von Haiti geleuchtet, sogar in die Tegernseer Landstraße, wo sonst nicht so viel so schön leuchtet, außer vielleicht die elektrischen Sterne von der Shisha Bar.

Besser er versucht, nicht daran zu denken, sagt sich der Smokey und konzentriert sich auf die Rede vom Pfarrer. Aber das gelingt ihm nicht, es gelingt ja dem Pfarrer selbst nicht, stattdessen schaut der Smokey sich ein bissl um.

Grüßt den Wolf, der mit seinen Leuten abseitssteht und zuschaut, wie das FBI auf einer Mafia-Beerdigung.

Beim Schani sind außer ihnen schon noch andere Leute auf der Beerdigung, aber eben nicht zu vergleichen mit der von der Monique. Kaum jemand, den der Smokey kennt, mehr Geschäftspartner, Familie hat der Schani nicht gehabt außer der Lizzy, und die haben sie lieber im Sankt Alfonsheim gelassen.

Spezln hat der Schani viele gehabt, aber keiner lässt sich heute blicken. Was ist denn mit dem Haslinger zum Beispiel?, denkt sich der Smokey. Der ehemalige Wirtschaftsreferent, mit dem hat der Schani ständig beim *Franziskaner* gehockt und Pläne gemacht, die haben immer die Köpfe zusammengesteckt.

Oder der Pollner, der reiche Erbe aus Berg am Starnberger See, der jedes Mal mit einem anderen Sportwagen gekommen ist.

Und natürlich der Willenbrodt von der Bank. Der kleine Kriecher, ein Arschgesicht vorm Herrn, wenn man den Smokey fragt.

Eine Woche bist du tot, und schon hast du keine Spezln mehr.

Nicht einmal einen Kranz oder Blumen haben sie geschickt, alles, was sich vorne auf dem Grab stapelt, sind die Kränze von den eigenen Firmen, die der Schani gehabt hat. Die Gerüstbaufirma, die Maklerfirma und die Hausverwaltung, die Prokura.

Jetzt denkt der Smokey gleich wieder an den Brief, den ihm die Frau Wiese noch gezeigt hat, bevor er gegangen ist. Von der Prokura.

Modernisierungsankündigung.

Ganz aus dem Häuschen war die Frau Wiese, weil sie das Schreiben nicht verstanden hat und weil wegen dem Schreiben der Herr Schmid zwei Stock über ihr mit seiner Tochter zum Mieterverein gegangen ist. Als er wieder daheim war, hat er einen Herzinfarkt bekommen.

Er braucht jetzt keine Umsetzwohnung mehr.

Die Frau Sattler, die rechts neben ihm wohnt, hat gesagt, eine Umsetzwohnung, nein danke, da geht sie gleich ins Heim in ihrem Alter.

Noch eine Umsetzwohnung weniger.

Umsetzwohnung? Ja, wohin wollen die sie denn umsetzen, hat die Frau Wiese den Smokey gefragt.

Einen alten Baum verpflanzt man doch nicht.

Er hat ihr versprochen, dass er sich drum kümmert, aber den Schani kann er nicht mehr fragen, wie er sich das denkt, die alten Leute aus ihren Häusern holen, mit ihren Vertikos und Anrichten und ihrem Eichendoppelbett, ihren Hummelpüppchen und Spitzendeckchen, Enkelfotos und dem guten Sonntagsgeschirr.

Aber er nimmt sich vor, einmal mit einem von der Prokura zu reden.

Bei einer Beerdigung passiert es ihm oft, dass er einen Vorsatz fasst, genau wie an Silvester steht er mit den Zehenspitzen vor einem Abgrund und schaut ins neue Jahr oder in die Grube, ohne zu wissen, was kommt.

Jetzt ist der Pfarrer fertig mit der Rede, und sie sind an der Reihe, dem Schani Lebewohl zu sagen.

Der Moni bleibt wie festgewachsen stehen, die Aymée trocknet sich die Tränen ab und schaut den Smokey an.

Also geht er. Schaut hinab auf den Sarg, der ganz schlicht ist, einfach nur ein Holzsarg ohne Schnickschnack. Nie und nimmer hätte der Schani sich so einen ausgesucht, hätte er noch mitreden dürfen.

»Servus«, sagt der Smokey, »Servus, Oida.«

DIE SONNE VON GIESING

1984

Dem Sepp graust es, wenn er den Drink anschaut, den die Monique extra für die Gabi gemixt hat. Die mag das, das blaue Zeug, Swimming Pool heißt das Gesöff, und die Gabi hat schon den zweiten ausgetrunken, es schmeckt ihr. Der Sepp schüttelt sich. Niemals würde er etwas trinken, das so eine unnatürliche Farbe hat, da leuchten die Farbstoffe aus dem Glas heraus, fluoreszierend, und er stellt sich vor, wie Speiseröhre und Magen seiner Frau von innen heraus blau erstrahlen.

Er bleibt beim Bier.

Das dritte, das der Hias ihm hinstellt, sonst trinkt der Sepp nicht so viel, aber heute wird gefeiert. Den Polizisten hat er daheim in den Schrank gehängt, das muss auch einmal sein, sonst nimmt er alles übergenau. So genau, dass die Gabi ihm ständig vorwirft, er sei nicht locker.

Heute Abend ist es anders, heute fühlt sich der Sepp leicht und so was von locker, vor allem wenn er den Hias anschaut, wie der hinter seiner Theke steht und zapft und strahlt.

Seit drei Monaten ist er wieder da, sein Freund, zehn Jahre war er vom Erdboden verschluckt. Er hat es wirklich wahr gemacht, was er im *Theatron* angekündigt hat: Er ist abgehauen. Von einem Tag auf den anderen, einfach weg. Zu Weihnachten hat er seinem Papa eine Karte geschrieben, die Karten hat der in seinem Getränkemarkt hinter die Kasse gehängt, damit alle sehen, wo sein Bub herumkommt. Türkei, Griechenland, Jordanien, Pakistan, Indien, Indonesien, Mexiko und schließlich Haiti. Haiti! Wahnsinn! Von Giesing. Der Sepp konnte es nicht fassen, wie der Hias das geschafft hat, ohne Beruf, ohne Geld und nur mit seinem Dialekt.

Aber dann war der Hias plötzlich wieder da und an seiner Seite die Monique.

Ein Wunder.

Aus freien Stücken sind sie nicht gekommen, das hat der Hias gleich klargestellt, weil überall ist es schöner als in der Tegernseer Landstraße. Aber sein Papa hatte einen Schlaganfall, und natürlich, der Hias ist ein guter Sohn, der hat seine Ehefrau eingepackt und den nächsten Flieger genommen.

Und über Giesing ist die Sonne aufgegangen, weil die Monique hat mit ihrem warmen Herzen alles zum Strahlen gebracht. Sie hat sofort den Papa Hinterkammer erobert und sich um ihn gekümmert, ihn im Rollstuhl durch Giesing geschoben, hinunter an die Isar, und wenn er gebrabbelt hat, dann hat sie gelacht und ihm die Spucke vom Mund gewischt.

Der Hias hat gleich den Getränkemarkt abgegeben, weil nichts ist freudloser, als wenn du einen Tag nur mit Plastikkisten und Flaschen verbringst, und hat die Boaz'n von der Wimmer Susi übernommen. Da war eh nichts mehr los, und die Susi wollte sich zur Ruhe setzen, die

Brauerei hat dem Hias einen guten Preis gemacht. Der Schani hat ihm geholfen, die dunkle Eiche herauszureißen, und dann haben sie gemeinsam eine Einrichtung aus einer Bar in Südtirol geholt und eingebaut.

Moni's Eck steht jetzt über dem Eingang und nicht mehr *Tannenstuben.*

Die Tische und Stühle sind noch die von der Wimmer Susi, der Tresen ist italienischer Chrom, aber die Zapfanlage von der Brauerei. Die Bänke sind aus dem alten Kino, die haben der Monique so gut gefallen, sie sind aus rotem Samt. Und über allem dreht sich eine riesige Discokugel aus dem *Yellow Submarine*, der Aquariumsdisco im *Schwabylon*, das es schon lang nicht mehr gibt. Ein Geschenk vom Schani, der sein *Diamond* auch mit dem Interieur aus dem *Yellow Submarine* bestückt hat.

Die Gabi legt dem Sepp jetzt die Hand auf den Oberschenkel und ihren Kopf auf seine Schulter, und zum Glück, dass sein Freund Hias wieder zurückgekommen ist, kommt ein doppeltes Glücksgefühl, weil er die Gabi gefunden hat. Er legt auch einen Arm um sie und schaut auf die Tanzfläche, wo die Monique sich zur Musik bewegt, so wie er noch nie eine Frau sich hat bewegen sehen, aber er geht ja auch nie tanzen.

»I'm your private dancer, a dancer for money«, singt die Tina Turner, die Monique dreht sich geschmeidig, breitet die Arme aus, das Gesicht zur Discokugel, sie umarmt den ganzen Raum, nimmt alle mit in ihren Groove und in ihr Glück, über und über besprenkelt vom Licht aus der Discokugel, eine Sternenqueen aus Haiti, die glitzernde Sonne von Giesing.

4

Eigentlich hätte es nach guter Tradition noch einen Leichenschmaus geben müssen. Aber der Moni hat abgewunken und gesagt, er kann es nicht.

Auch die Aymée hat sich entschuldigt, sie hockt noch mit den Kollegen zusammen. Sie kennt den Schani nicht nur wie einen Onkel, der ein Freund von ihrem Vater war und im *Eck* ein und aus gegangen ist, früher jedenfalls. Sondern die Aymée kennt den Schani von der Arbeit, obwohl sie nicht direkt beim ihm angestellt gewesen ist, hat sie für ihn gearbeitet. Sie kennt seine Baustellen und vielleicht auch seine Geschäfte, fällt dem Smokey ein, er könnte einmal ein Gespräch führen mit der Aymée.

Nicht als Polizist versteht sich. Sondern weil sie sich nahestehen. Als die Monique gestorben ist, waren sie ein bisschen Papa zur Aymée, er und der Schani. Wenn er jetzt also seine Anteilnahme ausdrückt und ein wenig horcht, wie es für den Schani in der letzten Zeit gelaufen ist, ist doch nichts dabei.

Es weiß ja nur der Smokey, dass es ihm schwerfällt, die Füße stillzuhalten. Ein Freund in der Baugrube mit ungeklärter Todesursache, das lässt einen Mordermittler nicht gut schlafen, Frührente hin oder her.

Sowieso ist ein Gespräch mit der Aymée immer eine Bereicherung, Wissensdurst hin oder her.

Die Aymée ist eine ganz besondere junge Frau, und der Moni ist zu Recht überstolz auf seine Tochter. Sowieso und immer schon, aber als sie den Gesellenbrief als Zimmerin gemacht hat, ist er fast geplatzt. Den Meister will sie auch noch obendrauf satteln. Aber erst einmal auf die Walz.

Wenn die Monique das noch hätte erleben dürfen!

So ein schönes Mädel, sagen viele, denn die Aymée ist ihrer Mutter runtergerissen ähnlich. Groß ist sie und schlank, alles sieht bei ihr elegant aus, selbst wenn sie auf dem Dach sitzt, den Zimmermannshammer schwingt und arbeitet. Es sind die gleiche Anmut und Geschmeidigkeit, die auch bei der Monique in jeder Bewegung waren, ganz gleich, ob sie ein Bier gezapft oder getanzt hat.

Und den starken Willen hat die Aymée auch geerbt, nicht nur von der Monique, auch von ihrem Papa. Der Moni lässt sich niemals hereinreden oder von etwas abbringen, außer natürlich von seiner Frau und seiner Tochter.

Und so ist die Aymée. Auf dem Bau war sie die Einzige, die sich vom Schani nichts hat anschaffen lassen. Respekt ja, von Unterordnung keine Spur.

Der Schani hat versprochen, dass er ihr Geld für den Meister gibt, aber da ist gleich der Moni reingegrätscht! Nur über seine Leiche, hat er gesagt, seine Familie schafft das aus eigener Kraft. Das hat sie schon immer, auf die Almosen vom Herrn Immobilienhai ist man nicht angewiesen.

Die Aymée war viel charmanter. Schenken lassen wollte sie sich freilich nichts, aber sie hat sich beim Schani bedankt und gesagt, über ein Darlehen könnten sie schon reden.

Später, wenn sie von der Walz wieder daheim ist.

Nach drei Jahren und einem Tag.

Einverstanden, hat der Schani gesagt und hat ganz butterweich geschaut. Er hat ihr nichts abschlagen können. Er hat sogar immer gesagt, dass die Aymée einmal sein Imperium übernehmen soll. Immer wenn er davon angefangen hat, hat der Moni mit den Augen gerollt und den Kopf geschüttelt und sich weggedreht oder zum Bierfass unter der Theke gebückt, angeblich um zu schauen, ob's noch genug Helles hat, aber tatsächlich weil jeder in seinem Gesicht lesen konnte, wie deppert er das findet.

Weil die heute nicht mehr so sind.

Die jungen Frauen.

Die scheißen auf ein Imperium.

Vor allem ein geerbtes.

Die jungen Frauen heute können das selbst, Imperium.

Das sollte der letzte Depp kapiert haben, aber beim Schani sind die neuen Zeiten halt nicht angekommen.

Du bist so Achtz'ger, hat der Moni immer zu ihm gesagt.

Dabei ist *Moni's Eck* ein Museum aus den Achtzigern. Mit der Discokugel und Tina Turner in Endlosschleife.

Da die Aymée sich jetzt beim Smokey und ihrem Papa verabschiedet, weil sie mit den Kollegen von der Zimmerei woanders eins auf den Schani hebt, und der Moni gar so unlustig ist, bleibt dem Smokey nichts anderes übrig, als nach Hause zu gehen.

In der Herzogstandstraße öffnet er die schwere Hauseingangstür, geht an den Briefkästen vorbei zu der breiten, mit Ochsenblut gestrichenen Treppe, deren Holzstufen so nah beieinander sind, dass auch die älteren Menschen im Haus es noch ohne viel Füßeheben nach ganz oben schaffen. Der Handlauf ist glatt poliert, so glatt, dass der Smokey sich wünscht, er könnte noch einmal mit dem Hosenboden vom Vierten ins Erdgeschoss rutschen, so wie früher als kleiner Bub.

Über dem Kinderwagen, den die junge Familie aus dem Dritten im Eingang parkt, ohne dass sich gleich jemand beschwert, hängt sein Zettel.

Liebe Mitbewohner. Wenn es nach Gras riecht, wundern Sie sich nicht, das kommt aus meiner Wohnung. Ich habe Morbus Bechterew und rauche medizinisches Cannabis, das mir zur Schmerztherapie verschrieben wurde. Bitte rufen Sie nicht die Polizei, ich bin selbst die Polizei. Vielen Dank, Josef Frey (4. OG)

Freak hat jemand daraufgekritzelt, schon vor einigen Wochen. Aber der Smokey hat es stehenlassen. Weil er glaubt, dass es nichts bringt, den Zettel neu zu schreiben, am nächsten Tag würde wieder Freak draufstehen. Und weil es ihn daran erinnert, dass er noch herausfinden möchte, wer das war, der das geschrieben hat. Oder die. Denn eigentlich passt der Kommentar zu niemandem im Haus.

Und drittens lässt er es auch da stehen, weil er findet, dass der Schreiberling recht hat. Er ist sogar insgeheim ein bisschen stolz drauf.

Smokey Frey, der Freak.

Es dauert, bis er oben im Vierten angekommen ist, das

Stockwerk mit den niedrigsten Decken, aber der schönsten Aussicht.

Von seinem Balkon aus fliegt der Blick über die Häuserdächer, segelt durch die Isarauen und lässt sich geradewegs auf dem Gipfel vom Herzogstand nieder.

Er holt sich das Glas mit den grünen Blüten und ein Wasser, dann setzt er sich auf den Balkon an seinen Tisch. Zwei Stühle stehen da, aber seit die Gabi ausgezogen ist, fünfzehn Jahre ist es her, hat sich keiner mehr auf den zweiten Stuhl gesetzt, nicht einmal die Füße kann der Smokey darauf ablegen, der Bechterew verbietet es.

Er dreht sich eine schmale Zigarette, mehr braucht er nicht, um die Schmerzen so lange in Schach zu halten, bis er einschlafen kann. Die Heizdecke ist schon eingeschaltet, sobald er seine Cannabiszigarette geraucht hat, schält er sich aus dem schwarzen Anzug und legt sich in sein warmes Bett. Für eine oder zwei Stunden findet er so in den Schlaf. Kann die Schmerzen vergessen und steht die nächsten Stunden durch, bevor er noch einmal eine schmale Zigarette raucht.

Während er den süßen Kräuterrauch tief inhaliert, denkt er an den Schani und was der in seinem Leben schon alles gerissen hat. Ein Hund war er schon, und während der Dampf durch seine Nase hinaus in die Münchner Septemberluft zieht, weiß der Smokey in seinem zunehmend benebelten Gehirn eines ganz genau: Der Schani war noch nicht am Ende, der hat bestimmt noch etwas vorgehabt, er hat immer einen neuen und noch größeren Plan entwickelt.

Und wenn einer weiß, ob da noch ein Plan war, dann ist es der Pollner.

5

Nirgendwo lassen sich die hohen Immobilienpreise von München besser verargumentieren, als wenn man vom Münchner Hauptbahnhof mit der S6 Richtung Tutzing fährt.

Gerade sind noch Glaskuben und Betonburgen, Shopping-Arkaden und Autohäuser, Donnersberger- und Landsberger Straße am Smokey vorbeigezogen, da hält die Bahn auch schon in Starnberg. Der Starnberger Bahnhof schleudert ihm die ganze Postkartenidylle von Bayern ins Gesicht, von wegen Naherholung, Freizeitaktivität und Wohnqualität.

Eine ruhige Eleganz strahlt der See aus, immerhin hat er schon einmal einen König versenkt, der kann schon was, der Starnberger See. Alpenkette, Dampferflotte, Roseninsel und die Villen der Fußballmillionäre vom FC Bayern, die sich wie auf eine Perlenkette aufgezogen bei Berg nebeneinanderreihen.

Obwohl er selten hier herauskommt, denkt sich der Smokey, wie schön es doch ist, dass man plötzlich ausschnaufen kann und er sich wirklich und wahrhaftig wie ein Bayer fühlt und nicht nur wie ein Münchner.

Obwohl er in Giesing die Isar vor der Nase hat.

Es ist schon so, hat der Schani immer gesagt, dass die Leute das mitbezahlen müssen, wenn sie ein kleines Apartment an der Schwanthaler Höhe oder in Moosach haben wollen. Dass sie in einer halben Stunde draußen im Paradies sein können, ganz gleich, ob sie jetzt mit einem SUP auf den See wollen oder mit dem Bike in die Berge. Wer das nicht schätzt, hat halt Pech gehabt. Zahlt er sich dumm und dämlich, aber der größte Benefit bleibt dann nur ein Unverpacktladen ums Eck.

Am ersten Kiosk unten an der Seepromenade kauft sich der Smokey ein Cornetto Haselnuss, dann läuft er los. Schaut auf seine Sneaker, die platt getretenen Kippen und Kaugummifleckerl und die Hunde, die ihm entgegenlaufen. Er denkt sich, dass es für ihn fast so aussieht, als würde er durch Giesing laufen. Wenn er nur nach unten guckt.

Hebt er den Blick, was schon noch geht, nur nicht mehr ohne Schmerz, dann sieht er aber den Ruderclub und die Dampferanleger, das schöne Ufer von Percha bis rüber nach Bernried.

Der Russe auf seinem Rücken ist heute gnädig, wahrscheinlich gefällt's ihm auch am See, da lässt er den Druck ein wenig nach und gönnt dem Smokey das Sightseeing.

Die ganze Seepromenade läuft er ab, das Eis hat er bereits am Seebad aufgegessen. Am Percha Beach entlang, zwischen den Wildgänsen hindurch und den Badenden, die sich schon vormittags um zehn stapeln, dass man sich fragt, ob sie keine gescheite Arbeit haben oder im Homeoffice sind.

Was manchmal das Gleiche ist.

Es ist ja nicht so, dass er beim Pollner ein und aus gegangen wäre. Einmal nur war er in der Villa und auch nur, weil der Schani mit ihm angeben wollte. Er sollte dem Pollner Anekdoten vom Mord erzählen, aber so etwas macht der Smokey nicht. Er findet, das gehört sich nicht, Beruf ist Beruf, und Schnaps ist Schnaps. Manchmal fragen Zeitungen bei ihm an oder Filmleute, Literaturagenten und Verleger, ob er nicht aus dem Nähkästchen erzählen möchte. Er war im Ermittlungsteam bei vielen Morden, die über die Stadtgrenzen hinaus Aufsehen erregt haben, beim Walter Sedlmayr, der Parkhaus-Millionärin oder dem Moshammer.

Nicht einmal mit der Gabi hat er darüber gesprochen und erst recht nicht mit seinen Freunden, der eine erzählt es in seiner Disco herum und der andere in seiner Boaz'n.

Sogar mit Geld hat der Pollner damals versucht, ihn zu überreden. Aber da war er beim Smokey an der falschen Adresse, der hat seine Jacke angezogen und ist gegangen. Ohne ein Wort, versteht sich.

Und der Schani?

Der war kein bisschen sauer auf seinen Freund. Er hat ihm nichts nachgetragen, stattdessen hat er sich entschuldigt, dass er den Smokey in diese Lage gebracht hat.

Ehrgefühl und Skrupellosigkeit – in keinem Menschen, den der Smokey kennt, hat sich Gegensätzliches so vereint wie beim Schani.

Der Pollner dagegen ist ein seichter Charakter, einer, bei dem du nach einer Handbreit Wasser schon auf den Grund gucken kannst. Und zwar nicht auf helle Kiesel, sondern auf dunklen Morast.

Jetzt ist es nicht so, dass der Smokey den Pollner gleich verdächtigt, dass er den Schani umgebracht hat. Erstens ist die Gietlstraße nicht das Milieu, in dem sich einer wie der Pollner bewegt, und zweitens ist er ein windelweiches Bürscherl, der hätte höchstens jemanden bezahlt für Mord oder Totschlag. Aber natürlich sind die Kollegen beim Mord mindestens genauso auf Zack wie der Smokey. Dass die beiden Geschäfte miteinander gemacht haben, wissen die eh.

Der Pollner war zunächst einmal ein Stammgast im *Diamond*. Das *Diamond* war die Disco, die dem Schani gehört hat. Es war die Zeit, in der der Schani mit seiner Gerüstbaufirma zu Geld gekommen ist, weil in München überall gebaut wurde. Damals war der Schani auf der Suche nach Geldverstecken, da hat er noch nicht gewusst, wie er sein Geld verdoppelt und verdreifacht und dabei immer weniger Steuern zahlt.

Das hat ihm erst der Pollner gezeigt.

Der Smokey biegt in Berg vom Seeufer ab und läuft hinauf, dorthin, wo die Villa vom Pollner ist. Weiß Siri, nicht der Smokey.

Und wie er um die Ecke biegt, zwischen all den hohen Thujenhecken mit versteckten Überwachungskameras und Elektrotoren, den Doppelgaragen für Maserati und Porsche SUV, sieht er schon, dass er zu spät kommt.

Vor der Pollner-Villa parken zwei dunkle VW-Busse. Die Schiebetüren geöffnet, damit man die Kisten hineinstapeln kann, die gerade die Auffahrt hinuntergetragen werden. Neben einem Bus steht der Kayacik und dreht sich genau in dem Moment um, in dem der Smokey daherkommt.

»Soso«, sagt der Kayacik und grinst. »Bist auch schon da.«

6

Am Hauptbahnhof steigt der Smokey aus der S-Bahn. Er fährt wieder nach Hause, ohne mit dem Pollner gesprochen zu haben. Der war nicht in Berg, stattdessen waren die Kollegen vom Dezernat Wirtschaftskriminalität da, der Kayacik und seine Leute.

Der Smokey wundert sich nicht, dass sie ihn erwartet haben, so wie der Kollege gegrinst hat. Der Wolf vom Mord wird schon gewusst haben, dass der Frühpensionist kein Auge zutut, bis der Unfall von seinem Freund aufgeklärt ist, und wahrscheinlich haben sie sich in der Ettstraße schon das Maul zerrissen, nach dem Motto: Wart nur, bis der Kiffer mit seinem Russen im Gepäck daherkommt.

So zu tun, als wäre er rein zufällig in der Gegend, hat er gar nicht erst versucht. Der Kayacik hat ihn hochgenommen, ihn gefragt, ob er sich von seiner Pension einen Ruhesitz am Starnberger See leisten kann. Hat genau gewusst, dass der Smokey privat herumschnüffelt. Also hat er, Smokey, die Flucht nach vorn angetreten und den Kayacik beglückwünscht, dass er mit seiner Mannschaft bei den Ermittlungen da angekommen ist, wo er selbst auch schon steht. Sie haben hin und her geflachst, bis der Smokey den Rückzug angetreten hat, immerhin mit der Information in der Tasche, dass der Pollner nicht zu Hause ist und keiner weiß, wo er sich herumtreibt.

Während er in der U-Bahn zum Candidplatz fährt, fällt ihm ein, was der Schani ihm erzählt hat. Dass der Pollner gar nicht so blöd ist, wie er aussieht, und eine geheime Hütte in der Wildschönau besitzt, die auf dem Papier seiner Putzfrau gehört.

Jetzt aber. Wie heißt noch einmal die Putzfrau vom Pollner?

Eine Cannabiszigarette und eine Heizdeckensession später kommt der Smokey drauf. Maria Buco heißt sie und ist eine schöne Kroatin, die ihm immer schon gefallen hat. Sie hat früher einmal das Loft vom Schani sauber gemacht, der hat sie dann an den Pollner empfohlen. Wann immer er sie bei der Arbeit gesehen hat, war es dem Smokey unangenehm. Dass er dort herumhockt und die schöne Frau um ihn herumputzt.

Er war eh nur selten beim Schani und irgendwann gar nicht mehr, wegen der Maria Buco. Aber dann war die auch nicht mehr da, beim Pollner musste sie ja eine große Villa sauber halten, damit war sie voll beschäftigt. Und wahrscheinlich auch voll bezahlt.

Er müsste also die Maria Buco kontaktieren und sie nach dem Pollner fragen, aber Telefonnummer hat er keine. Die Kollegen vom Mord möchte er nicht fragen, den Polizeicomputer kann er nicht mehr nutzen, und im Telefonbuch steht sie nicht.

»Telefonbuch!«, der Moni lacht, während er ihm eine Tasse Kaffee hinstellt. »Als wenn heute noch jemand im Telefonbuch steht! Schaust halt beim Facebook.«

»Naaa!«

So weit kommt's noch. Dass der Smokey dem Zuckerberg seine Daten hinterherträgt. Zwar hat er ein Smartphone, das schon, aber sonst hat er nix. Kein Social Media.

Aber der Moni hat schon sein Facebook offen und schneller Maria Buco eingetippt, als der Smokey bei seinem Telefon den Sicherheitscode eingeben kann.

Das kommt halt davon, wenn man Kinder hat, denkt der Smokey und wird ein bisschen sentimental, wie immer, wenn er an Kinder denkt. Zwei haben sie haben wollen, mindestens. Aber bekommen haben sie keines, es hat nicht sollen sein. Er hätte auch ein Kind adoptiert, aber für die Gabi kam Adoption nicht infrage. Sie hat gemeint, sie schafft es nicht, wo er immer nur bei der Arbeit ist und sie alles alleine managen muss. Das war das traurige Hauptgefühl von ihr: Sie muss alles alleine machen. Deshalb hat sie auch eines Tages ihre Sachen gepackt, weil wenn sie schon in der Ehe allein ist, dann kann sie auch gehen.

Jetzt ist sie beim Klausi. Auch wenn es den Smokey schmerzt, muss er zugeben: Da ist die Gabi besser aufgehoben. Der Klausi hat sein Herz auf dem rechten Fleck, auch wenn der Herrgott dafür am Gehirn gespart hat. Aber vor allem hat der Klausi einen Job, der nicht ständig wie eine schwarze Wolke über ihm schwebt so wie beim Smokey. Und er muss auch nicht mitten in der Nacht aus dem Bett aufspringen, um sich eine Familientragödie in einem Doppelhaushälftenkeller in Trudering anzuschauen.

Der Klausi ist bei der Sparkasse in Bad Wiessee und bietet der Gabi verdienten Frieden, Aussicht auf die Rentenzeit und den besten Kuchen am Tegernsee im *Café Krupp*.

»Schau her«, sagt der Moni und hält dem Smokey sein Handy vors Gesicht.

So viele Maria Bucos gibt es, überall auf der Welt. In Schweden in Ekilstuna oder in Italien in Palermo. Und tatsächlich finden sie auch die schöne Maria Buco, die der Smokey gesucht hat.

Der Moni grinst feist, das tut er jedes Mal, wenn er zeigen kann, dass er dem Smokey technisch über ist, und der überlässt seinem Freund den kleinen Sieg.

»Was magst ihr schreiben?«

Es dauert ein bisschen, bis dem Smokey ein gescheiter Text einfällt, weil er gar nicht weiß, ob sie sich überhaupt an ihn erinnert. Und wenn sie sich an ihn erinnert, erinnert sie sich dann an ihn als Polizisten oder weiß sie gar nicht, dass er einer ist, oder gar, dass er jetzt schon lang keiner mehr ist?

Dem Moni wird's zu dumm, er wartet nicht ab, sondern schreibt etwas, schüttelt den Kopf und holt seine Zigaretten. Dann setzen sie sich zusammen raus auf die Straße, da hat der Moni jetzt wegen dem Corona drei Tische aufgestellt.

»Was willst denn von der Maria Buco?«

»Ihr sagen, dass der Schani tot ist.«

An dem Seitenblick, den der Moni ihm rasch zuwirft, weiß der Smokey, dass er ihm nicht glaubt. Obwohl er sich ein bisserl schämt, dass er dem alten Freund nicht die ganze Wahrheit sagt, sondern nur eine halbe, bleibt er dabei.

Einerseits weil es quasi Ermittlungsgeheimnisse sind, während er andererseits gar keine Ermittlungen anstellen soll und darf, und dass er es trotzdem tut, muss der Moni erst recht nicht wissen.

Und obendrein weiß er selbst nicht, was der Grund ist, warum er die Maria Buco unbedingt aufstöbern will.

Gut fühlt sich der Smokey nicht dabei, vor dem Moni Geheimnisse zu haben, vor allem weil der in der letzten Zeit selbst recht geknickt ist. Wegen *Moni's Eck*, das er andauernd auf- und zusperren muss, auf und zu, immer im Wechsel. Dass der Moni mit dem *Eck* nichts verdient, ist kein Geheimnis, wie der das mit der Pacht stemmt, traut sich der Smokey gar nicht fragen. Und mit dem Corona ist es nicht grad leichter geworden. Eigentlich unmöglich, nur mit dem *Eck* zu überleben.

Über so etwas reden sie nicht, sie reden eigentlich eh nichts, aber mehr, weil sie beide das Gefühl haben, dass es keine Worte braucht, um sich beieinander zu fühlen.

Manchmal aber fragt der Smokey sich, ob er den Moni eigentlich richtig kennt. In sich hineinschauen lässt der sich nicht.

Den Schani, den hat er schon besser gekannt, der hat ja eher eine Logorrhö gehabt.

Der Moni ist mehr ein Schweigemönch.

Der Smokey genauso, dafür haben ihre Frauen das Doppelte geredet. Die Monique und die Gabi waren im Dauergespräch. Und jetzt, wo sie nicht mehr da sind, reden ihre Männer noch weniger miteinander.

Wo er an die Frauen denkt, gesellt sich in seinen Gedanken zu den beiden Abwesenden eine dritte hinzu, die Maria Buco.

Vielleicht, so denkt er, möchte er einfach nur einmal ihre Stimme hören.

»Jetzt lass halt dem Schani seinen Frieden.«

So tief inhaliert der Moni an seiner Marlboro, dass es dem Smokey beim Zuschauen in der Lunge zwickt. Er hat den Verdacht, dass der Moni sich seit sieben Jahren bemüht, auf einen Lungenkrebs hinzurauchen. Damit er wieder mit der Monique zusammen sein kann.

»Hast du schon was gehört«, fragt der Moni, »von deinen Kollegen? Was passiert ist?«

Der Smokey schüttelt den Kopf und schaut weiter auf die Tegernseer Landstraße. Auf den Tchibo schräg gegenüber. Auf den Verkehr. Und weil er schon so lange hier wohnt und immer wieder an der Tegernseer Landstraße sitzt und auf den Verkehr schaut, mit oder ohne den Moni, mit oder ohne den Schani, rauschen die Autos und LKWs an ihm vorbei, ohne dass er den Lärm hört oder ihn die Abgase stören. Wie er hier sitzt, mit einem Kaffee und einem Freund, nimmt der Verkehr seine Gedanken und Sorgen mit, ein Verkehrsfluss eben, ganz so, als wenn man auf die Isar schaut und ist vollkommen leer im Kopf.

Halt nur halb so schön.

Aber von der Wirkung her fast genauso.

Und da geht ihm auf, dass er nicht ganz gescheit ist, wie er sich mit den Gedanken um den Tod vom Schani abplagt, wo er einfach nur den Wolf anrufen und fragen kann, wie es mit den Ermittlungen steht.

»Hast recht«, sagt er, während der Moni schon die dritte Marlboro wegatmet, »ich frag einmal die Kollegen.«

Der Moni nickt.

Als sein Telefon am Abend klingelt und ihm eine unbekannte Nummer angezeigt wird, hat der Smokey die Sache mit der Maria Buco beinahe schon vergessen. Aber als er sich meldet und dann ihre Stimme hört, schleicht sich ein Lächeln in sein Gesicht, die Gabi hätte deppert dazu gesagt, dabei liegt die nächste Cannabiszigarette noch unangetastet vor ihm auf dem Tisch.

»Sie wollten mich sprechen?«, fragt die Maria Buco in den Hörer, und der Smokey wundert sich kurz, dass sie astrein Deutsch spricht, ohne Dialekt. Er hat einen slawischen Akzent erwartet, nur weil sie eine Kroatin ist. Dabei haut der Kayacik von der Wirtschaft ein astreines Oberbairisch raus, und der Aslan von der Shisha Bar spricht schöner Hochdeutsch als der Oberbürgermeister.

Da der Smokey vor Überrumpelung nicht sofort geantwortet hat, spricht die Maria Buco einfach weiter. Eine Stimme so schön wie der gelbe Löwenzahn in der Pflasterritze.

»Geht es um den Herrn Schanninger? Das tut mir so furchtbar leid.«

Endlich hat er sich gefangen. »Ja«, sagt er, »ich wollte Sie eigentlich nur darüber in Kenntnis setzen.«

Am anderen Ende der Leitung bleibt es still, und als die Maria Buco wieder etwas sagt, dämmert dem Smokey, dass es naiv von ihm war, davon auszugehen, dass sie nichts vom Tod vom Schani weiß. Ist schon gut, dass er den Dienst an den Nagel gehängt hat, findet er, vielleicht ist er wirklich nicht mehr auf Zack. Das Alter, der Bechterew und dann noch das Cannabis. Sein Gehirn fährt nur noch mit dreißig km/h durch die Gegend.

»Die Polizei hat doch gleich mit mir Kontakt aufgenommen. Und mich alles Mögliche gefragt.«

»Freilich, entschuldigen Sie, das hätte ich mir ja denken können.«

»Das war alles? Sollte ich Sie deshalb anrufen?«

»Sind Sie denn noch beim Herrn Pollner angestellt?« Der Smokey hat sich für die Flucht nach vorne entschieden, mit seinem Herumgeeiere macht er keine gute Figur.

Jetzt seufzt die Maria Buco, und sie seufzt so schön, mit einem leichten Herzen, sodass es gar nicht depressiv nach unten geht, sondern der Seufzer den Smokey von seinem Balkon trägt, in den Abendhimmel hinein, der sich wegen dem Föhnwetter schon wieder herrlich rosa färbt. Er schaut hinaus über die Dächer, schwebt auf einer schönen kroatischen Seufzerwolke und lauscht der Maria Buco, die jetzt ganz von selbst ins Erzählen kommt. Wie wenn man den Stopfen aus dem Ventil vom Schwimmflügel genommen hat, bloß dass bei der Maria Buco keine lauwarme Luft herauskommt. Er erfährt, dass sie schon lange nicht mehr beim Pollner putzt, weil dort alles den Bach heruntergegangen ist. Die Umgangsformen vom Pollner haben proportional zu seiner Liquidität abgenommen, und ein hilfsbereiter Geist nach dem anderen hat bei dem ehemals reichen Erben aus Berg hingeschmissen. Irgendwann auch die Maria Buco, da ist ihrem Ehemann nämlich der Kragen geplatzt, weil der Pollner nicht mehr bezahlt und sich dazu schlecht benommen hat.

»Das tut mir wirklich leid«, sagt der Smokey und meint es, wie er es sagt. »Das habe ich nicht gewusst.«

»Ja, woher auch«, antwortet die Maria Buco sehr nett, »Sie haben doch nichts mit dem Herrn Pollner zu tun gehabt. Und der Herr Schanninger war immer sehr korrekt.«

Wieder ein Punkt für den Schani auf der Karmaliste, wundert sich der Smokey. Als wenn der sein Arschlochgesicht nur im Geschäft gezeigt hat.

»Ich glaube«, sagt die Maria Buco, und tatsächlich hört der Smokey nun ein leichtes Zittern ihrer schönen Stimme, »ich glaube, die meisten Leute wissen gar nicht, dass der Herr Schanninger auch ein guter Mensch war.«

Manchmal, denkt der Smokey, manchmal. Er hätte gerne etwas Netteres über seinen alten Freund gedacht, aber da muss man schon korrekt sein.

FELIZ NAVIDAD

1997

Kartoffelsalat ist das Beste an der Küche von der Gabi, wenn dazu die Würste vom Moll kommen, ist der Heilige Abend direkt schon ein Fest. Der Schani bringt wie immer einen Schampus mit, für die Damen, den teilen sich die Gabi und die Lizzy, weil die Mama vom Sepp nicht mehr lebt. Der Papa vom Sepp bleibt bloß zum Kaffee, den er mit Kognak trinkt, dann will er sein Geschenk und heim, damit er in Ruhe fernschauen kann.

Der Rest macht Bescherung, wobei die einzige Überraschung ist, was die Gabi dem Sepp schenkt, die anderen schenken sich jedes Mal dasselbe.

Der Schani dem Sepp einen Schnupftabak, der Sepp dem Schani einen Krimi und der Gabi ein Parfüm und etwas aus Stoff. Also ein Halstuch oder einen Schal oder Merino-Unterwäsche, oder letztens hat er sich selbst übertroffen, und ihm ist ein Gutschein für die Fußpflege eingefallen.

Die Lizzy bekommt Schnapspralinen vom Dallmayr. Von allen.

Um zehn Uhr schmeißt die Gabi sie regelmäßig raus, dann möchte sie in Ruhe die Küche sauber machen, der

Schani und der Sepp bringen zusammen die Lizzy nach Hause und schauen danach immer noch auf ein Stamperl in *Moni's Eck* vorbei.

Wenn der Sepp später satt und sogar etwas angetrunken nach Hause kommt, ist die Gabi meist schon im Bett.

Wie in letzter Zeit sowieso oft, eigentlich zu oft, aber der Sepp kann es ihr nicht verübeln.

Sie haben so lange probiert, ein Kind zu bekommen, dass ihnen der Spaß abhandengekommen ist.

Jetzt geht die Gabi früh ins Bett, und der Sepp bleibt an normalen Tagen aus Respekt noch so lange im Wohnzimmer vor dem Fernseher oder einem Buch sitzen, bis die Gabi eingeschlafen ist, und erst dann geht er ins Bett.

Um die Stimmung zu vermeiden, die der Gabi zu schaffen macht.

Wie er jetzt stumm neben dem Schani durch die Giesinger Straßen geht, von dem kleinen Arbeiterhäusl in der Gietlstraße, wo die Lizzy zu Hause ist, bis zur Tegernseer Landstraße, fallen leichte Schneeflocken aus dem Münchner Himmel. Kaum dass sie auf dem Asphalt aufkommen, schmelzen sie, und der Sepp denkt daran, wie die Gabi daheim die Küche macht, und vielleicht weint sie, weil sie den Heiligen Abend ohne Kinder feiern müssen. Sie geben sich alle Mühe, lustig zu sein, aber ein Pediküre-Gutschein ersetzt keine Legosteine. Die von den Kindern gleich ausgepackt und noch unter dem Baum zusammengesetzt werden.

Das *Eck* leuchtet ihnen schon von weitem entgegen, die Monique hat die gesamte Weihnachtsdekoration beim Kaufland aufgekauft, und jedes Jahr kommt etwas Neues dazu.

Über dem Eingang blinken ein Rentierschlitten mit einem Weihnachtsmann drauf und so viele Sterne, die die Farbe wechseln, dass man blind davon wird.

Der Schani und der Sepp bleiben vor dem Blinkfenster stehen und schauen hinein.

Auch drinnen blinkt alles, Girlanden aus Plastik winden sich über den Tresen, und kleine Bäumchen, die mit Kunstschnee besprüht sind, stehen auf den Tischen.

Auf die Fenster hat die Monique in vielen Sprachen Weihnachtsgrüße gesprayt, es soll aussehen wie aus Schnee geschrieben: Joyeux Noël, Feliz Navidad, Merry Christmas steht da.

Die Monique aus Haiti hat das *Eck* in eine Weihnachtshöllendisco verwandelt, und weil es ihr so Spaß macht und sie sich dabei gar so Mühe gegeben hat, rührt es den Sepp tief im Herzen. Weil es eine kindliche Freude ist, die die Monique dann packt, und der ist es grad völlig wurscht, ob es geschmackvoll ist. Sie findet es halt schön, und dann finden es alle anderen auch schön, sogar der Sepp, der an nichts Gefallen findet, was künstlich ist.

Jetzt schauen sie von draußen, wo der Schnee plötzlich dichter wird und die Flocken dicker werden, in die Kneipe hinein. Die Discokugel dreht sich, an einem Tisch sitzt der Vater vom Hias in seinem Rollstuhl und schläft, auf dem Kopf einen komischen Hut.

Der Hias und die Monique stehen inmitten ihrer Sterne und Tannenbäume und Kugeln und Girlanden, eng aneinander, der Sechsmonatsbauch von der Monique zwischen ihnen behutsam eingequetscht, sie bewegen sich langsam und innig zu einer Musik, die der Schani und der Sepp draußen in der Kälte nicht hören können.

Die Monique hat ihren Kopf auf der Brust vom Hias und die Augen geschlossen. Der Hias hat sein Gesicht auf ihren Scheitel gedrückt, seine langen Haare fallen glatt herunter, und mit den Händen streicht er sanft über den Rücken seiner Frau.

So sieht die Liebe aus.

Der Sepp greift nach der Klinke, aber der Schani schüttelt den Kopf, stattdessen zieht er eine Packung Benson & Hedges aus der Lederjacke, dreht sich vom Fenster weg und zündet sich eine an.

»Geh allein.«

»Magst nicht reinkommen?«

Der Schani inhaliert und grinst. Ein bisserl schief. »Ich mag nicht stören.«

»Geh, Schmarrn.«

»Sagst einen schönen Gruß von mir. Und das mit der Wohnung geht klar.«

Der Sepp lässt die Klinke los und stellt sich neben den Schani. Ohne Erklärung lässt er ihn nicht gehen.

»Was für eine Wohnung?«

»Ich hab ihnen was besorgt. Jetzt, wo sie mehr Platz brauchen. Drüben, weißt schon.«

»Nix weiß ich.«

Der Schani tritt die Zigarettenglut auf dem Pflaster aus, greift wieder nach der goldenen Schachtel, steckt sie aber zurück. Er ist nervös. So nervös, wie ihn der Sepp nicht kennt.

»Von der Neuen Heimat, die sie aufgelöst haben. Ich hab ein Investment gemacht.«

»Ein Investment?«

»Herrgott, Sepp, jetzt frag halt nicht so deppert!«

Also fragt er nicht weiter, sondern verschränkt die Arme vor der Brust und schaut den Schani an, der so seltsam nervös ist, dass er gleich in die Luft geht.

Und nicht einmal ins *Eck* mitkommen will, wo sie doch jeden Heiligabend ins *Eck* gehen, seit der Hias zurück ist.

»Ich investiere in Wohnungen.«

Aha, denkt der Sepp, jetzt wird der Herr hochdeutsch, da schau her.

»Ich bin seit fünfundzwanzig Jahren auf Baustellen unterwegs, Sepp. Und ich sag dir eins: Immobilien. Wer sein Geld in was anderes steckt, ist selbst schuld.«

»Aber das ist doch Schrott, die Häuser von der Neuen Heimat. Da mag doch keiner wohnen.«

Die goldene Zigarettenpackung wird jetzt wieder aus der Lederjacke geholt, und der Schani zündet sich eine an, die Finger zittern.

»Von wegen«, sagt er und schnaubt den Rauch aus der Nase, »von wegen. Der Boden hier«, er zeigt mit seiner Benson auf das Giesinger Pflaster, auf dem sich jetzt doch ein zarter weißer Schneefilm bildet, »ist Gold wert.«

Dann schaut der Schani dem Sepp direkt in die Augen, und der sieht es glitzern, er sieht die Gier darin und die blinkende Weihnachtsdeko von der Monique und den Schnee.

»Und ich«, sagt der Schani, »ich bin ein Golddigger.«

Dreht sich um und geht durch die Tegernseer Landstraße, auf der sogar am Heiligen Abend ein LKW durch den Matsch brettert, zurück zu seinem Auto.

Der Sepp schaut ihm nach und denkt, dass ihm sein Freund noch nie so fremd war wie an diesem Heiligen Abend.

7

Er geht die senfgelben Flure entlang, die Flure, die er fünfzig Jahre auf und ab gelaufen ist.

Und es fehlt ihm nichts. Es kommt kein wehmütiges Gefühl in ihm auf, auch nicht, als er an der Kaffeeküche vorbeigeht, aus der ihn die Kollegen grüßen. Der Smokey hebt die Hand und grüßt zurück, aber er spürt, es ist vorbei, er gehört nicht mehr dazu. Schon lang nicht mehr, fünf Jahre ist es her, dass er aus dem Dienst ausgeschieden ist.

Es ging nicht mehr mit dem Bechterew.

Und weil er sich für die Schmerztherapie mit dem Cannabis entschieden hat. Der Russe auf seinem Buckel ist immer fetter und schwerer geworden, und die Toten, die ihn in der Nacht besucht haben, immer zahlreicher. Er hat mehr und mehr Medizin geschluckt, und irgendwann einmal war Schluss.

Aber nicht er hat gemerkt, dass Schluss ist.

Auch nicht sein Hausarzt, die Frau Dr. Ettlinger.

Sondern die Gabi. Obwohl er sie nur zweimal im Jahr besucht, aber vielleicht auch gerade deswegen. Sie hat gesagt, er schaut aus wie ein Gespenst, und hat ihn abgefragt, welche Medikamente er nimmt und wie schlimm es ist mit dem Bechterew. Und dann hat sie ihm Globuli gegeben und hat seine Wohnung mit weißem Salbei ausgeräuchert und hat ihn zu einem Schmerzmediziner geschickt, den sie von ihren Seminaren kennt.

Die Gabi war früher einmal Krankenschwester, aber als sie den Smokey verlassen hat, hat sie Tabula rasa gemacht, sie hat mit Homöopathie angefangen und Qi Gong und hat Edelsteine ins Wasser gelegt.

Der Smokey glaubt nicht an den Schmarrn und auch der Klausi nicht, aber der Schmerzmediziner, zu dem sie ihn geschleppt hat, hat sein Leben verändert.

Nach dem Besuch bei ihm hat er die Frühpension beantragt und dem Polizeichef sein medizinisches Gras gezeigt und gesagt, es gibt kein Zurück.

Seitdem heißt er Smokey und nicht mehr Sepp.

Zur Abschiedsfeier hat er die Kollegen in *Moni's Eck* eingeladen, und natürlich hatte sich längst herumgesprochen, dass er jetzt anfängt mit dem Grasrauchen auf seine alten Tage, mit einundsechzig. Es war ein lustiger Abend. Die Kollegen wollten seine Medizin sehen und haben vorgeschlagen, dass sie sich zur Feier des Tages vielleicht eine Schmerzmedizin teilen, aber der Sepp ist standhaft geblieben.

Ein Spaßvogel hat die Jukebox gefüttert, sodass die ständig nur Smokie-Hits rausgehauen hat. Es ist ja nicht so, dass der Moni in seiner Jukebox bloß die Tina Turner hat. Zu jedem Smokie-Hit hat es eine Runde gegeben, und plötzlich war es halb vier, wo der Sepp auf den Kinosesseln im leeren *Eck* aufgewacht ist.

In der Toilette hat er gesehen, was auf seiner Stirn steht: Smokey.

Das kann nur ein jüngerer Kollege gewesen sein, hat er kombiniert, der nicht weiß, wie man die Band richtig schreibt, aber egal, der Name ist ihm geblieben.

Einerseits hat es ein Wilder-Hund-Gefühl bei ihm ausgelöst, andererseits ist es schon gewöhnungsbedürftig, wenn du einundsechzig Jahre lang derselbe bist – und dann plötzlich ein ganz anderer.

Vielleicht hat es ihm aber auch die Frühpension leichter gemacht, denn meistens besteht das Problem darin, dass die Männer – und nur die Männer – als dieselben in Rente gehen, aber um sie herum ist alles ganz anders, Kollegen weg, Job weg, Aufgabe weg. Dann ist ganz schnell auch der Sinn des Lebens weg.

Für den Smokey dagegen: Tabula rasa wie bei der Gabi. Er geht gar nicht als der Oberkommissar a. D. Josef Frey in den Ruhestand, sondern als Smokey in seine Heizdeckenidylle.

Was fehlt ihm da die Kaffeeküche?

Er klopft beim Wolf an. Hier in der Löwengrube ist die Mode aus den Fernsehkrimis noch nicht eingezogen, wo die Kommissare alle in Großraumbüros arbeiten, mit Glaswänden und riesigen Monitoren. In der Ettstraße klopft man noch am Büro an, und wenn das Büro für eine größere Besprechung zu klein ist, also im Fall von der Ettstraße immer bei mehr als drei Personen, geht man in einen Besprechungsraum.

Aber der Wolf hockt alleine in seinem Büro vor dem PC, und als der Smokey hereinkommt, springt er auf, öffnet das Fenster und bietet ihm einen Platz an. In sicherer Aerosol-Entfernung.

Der Smokey schaut sich in seinem alten Büro um. Es sieht genauso aus wie bei ihm, nur stehen da jetzt andere Familienfotos und mehr Pflanzen.

Wenn er an die vielen Stunden denkt, die er hier gesessen ist, vermisst er schon dreimal nichts mehr.

Er hat ja in den Jahren vor der Pension schon überwiegend Schreibarbeit gemacht. Und Vernehmung! Das war seine Spezialität, Vernehmung. Sie haben einmal, lang ist's her, ein Seminar mit einem Spezialisten vom FBI gemacht, das hat den Smokey, damals noch Sepp, schwer beeindruckt.

Allerdings fällt ihm jetzt das Gespräch mit der Maria Buco ein, da hat er sich mehr angestellt wie beim Kasperltheater, von FBI war wenig übrig.

Beim Pollner ist es schon besser gelaufen.

Von der Maria Buco hat er die Telefonnummer von der Hütte in der Wildschönau bekommen. Die Maria Buco hat das Gefühl gehabt, sie schuldet dem Smokey was, denn dass ihr der Pollner die Hütte zum symbolischen Ein-Euro-Preis verkauft, also quasi geschenkt hat, wusste sie schon nicht mehr, so lange war das her.

Zwar hat der Pollner zu ihr immer gesagt: »Maria, das ist nur auf dem Papier, schon klar?«, aber bei dem Telefonat haben der Smokey und sie festgestellt: Verkauf ist Verkauf, Schenkung ist Schenkung. Und wenn es schwarz auf weiß auf dem Papier steht, dann gehört der Maria Buco doch die Hütte, oder etwa nicht?

Sie hat sich natürlich gefreut, dass sie wegen dem Telefonat mit dem Smokey zu einem schönen Feriendomizil kommt, und hat ihm im Gegenzug gerne die Telefonnummer von der Hütte gesagt.

Der Smokey hat die Nummer gewählt, und nach zweimal Klingeln meldete sich der Pollner!

Hat der gleich einen Schreck bekommen, dass er ans Telefon gegangen ist, wo er doch auf der Flucht ist und im Geheimversteck. Er war zwar gerissen genug, sich nicht mit Namen zu melden, aber stattdessen hat er gesagt: »Falsch verbunden.«

Einfach so: falsch verbunden.

Da ist er an den Richtigen geraten mit »falsch verbunden«.

Insgeheim hat der Smokey dem Schani widersprochen: Von wegen der Pollner ist nicht so blöd, wie er aussieht, der ist ja sogar noch blöder, als er aussieht!

Was der Pollner abgezogen hat, mit einer total unprofessionellen Flucht vom Starnberger See in die Wildschönau anstatt gleich auf die Malediven, hat den Smokey an das Ibiza-Video vom Strache erinnert. Wo man davorsitzt und fassungslos ist, dass jemand, der so ein Kasperl ist, bis in die höchsten Ämter kommt.

Und beim Pollner hat sich der Smokey gefragt, wie jemand, dem nichts anderes einfällt, als nach Österreich zu flüchten und dann aber im Geheimversteck ans Telefon zu gehen, wie der jahrzehntelang Geld vor der Finanzkasse verstecken kann.

Das ist nämlich etwas, was der Smokey, immerhin ein gerissener Mordermittler mit FBI-Vernehmungsmethoden, nicht kapiert. Wie Steuerbetrug geht. Er ist sich schon wie ein Betrüger vorgekommen, wenn er den Blumenstrauß für die Gabi als Werbungskosten geltend gemacht hat.

Jedenfalls hat er den Pollner gleich festgenagelt. Dass

der bloß nicht auflegt. Hat ihm gesagt, dass der Kayacik hinter ihm her ist mit der Wirtschaftskriminalität und dass er sich besser sofort stellt und alle Karten offenlegt, weil sich das strafmildernd auswirken kann.

Mit seinem ganzen Kriminalerwissen hat der Smokey den verdatterten Pollner zugetextet, und der hat sich nicht gesträubt, sondern nur geschwiegen.

Und dann hat er ihn geradeheraus gefragt, ob seine Flucht mit dem Tod vom Schani zusammenhängt.

»Warum?«, hat der Pollner gefragt. »War es denn kein Selbstmord?«

»Das kann ich dir nicht sagen, das sind Ermittlungsgeheimnisse.«

Dass er es selbst nicht weiß, weil er nicht mehr bei der Polizei ist, hat der Smokey nicht gesagt.

»Dann war es Mord?«

Der Smokey hat es vorgezogen zu schweigen.

»Verstehe«, hat der Pollner gesagt und sehr stark geschnauft. »Ich weiß aber nichts.«

»Du musst mit der Polizei reden.«

»Ich sag doch, ich weiß nichts.«

»Warum versteckst dich dann?«

»Ich versteck mich nicht«, hat der Pollner zurückgegeben, ein bisschen patzig. »Wenn ich mich verstecken würde, wär ich nicht ans Telefon gegangen.«

Eins zu null für den Kasperl.

»Also hör zu«, hat der Smokey gesagt, jetzt mit strenger Stimme, weil der Pollner ist so ein Bürscherl, dem muss man von Zeit zu Zeit den Hosenboden stramm ziehen, damit der spurt. »Ich bin nicht mehr beim Mord, und ich kann auch nichts für dich beim Kayacik tun. Aber der

Schani ist mein Freund, und wenn du etwas weißt, was mit seinem Tod zusammenhängen könnte, dann sagst du es jetzt.«

Und obwohl der Smokey selbst nicht daran geglaubt hat, hat der Pollner ihm etwas erzählt.

Jetzt sitzt er mit seinem Wissen beim Wolf und schaut, ob er ein bisschen mit ihm handeln kann.

»Was kann ich für dich tun?«, fragt der Wolf, sehr leutselig.

»Weißt es eh.«

»Smokey.« Der Wolf lehnt sich über seinen Schreibtisch, dann fällt ihm der Abstand ein, und er lehnt sich wieder zurück. »Ich kann dir nichts über die Ermittlungen sagen, das weißt du doch. Du am allerbesten.«

Aber ich weiß auch, denkt der Smokey, wie man Sachen erzählt, obwohl man sie nicht erzählt.

»Ich habe heute mit dem Clemens Pollner telefoniert.«

Der Wolf zieht die Augenbrauen hoch. »Soll ich den Kayacik dazu holen? Das interessiert ja mehr die Wirtschaft als den Mord.«

»Meinetwegen.«

Sie schweigen, bis der Kayacik hereinkommt, »servus« sagt und dem Smokey auf den Rücken haut.

Daraufhin holt der Smokey eine kleine Karteikarte aus der Hosentasche und legt sie auf den Schreibtisch. Der Kayacik nimmt sie, liest und zieht genauso die Augenbrauen hoch wie vorher der Wolf.

»Und woher weißt du, dass er sich da versteckt?«

»Ich hab's nicht gewusst. Ich hab mich nur erinnert, dass es die Hütte gibt. Die gehört der ehemaligen Putzfrau vom Pollner. Hab ich angerufen, und er hat sich gemeldet.«

»Das heißt, er ist gewarnt und über alle Berge?«

Der Kayacik hat alles Recht, sauer zu sein, findet der Smokey. Er könnte jetzt sagen, dass er gar nicht damit gerechnet hat, dass der Pollner dort ist, aber einerseits ist es nicht die Wahrheit, und andererseits will er sich nicht rechtfertigen.

»Ich habe ihm geraten, sich zu stellen.«

»Und?«

»Er hat nichts mehr zu verlieren, hat er gesagt.«

»Ich hoffe für dich, dass er's tut«, sagt der Kayacik und geht schnell aus dem Büro, seine Leute zusammentrommeln.

Der Wolf schaut stumm den Smokey an, und der Smokey schaut zurück, und dann sind sie sich einig.

»Geh ma zum Vinzenz Murr auf eine Leberkässemmel«, sagt der Wolf und erhebt sich.

»Geht auf mich«, sagt der Smokey und versucht, aus dem Stuhl hochzukommen, aber das ist nicht so einfach. Der Schmerz fährt ihm in die Glieder und drückt ihn zurück in den Stuhl, er schließt die Augen und versucht, ruhig zu atmen.

Der Wolf hilft ihm hoch, und dann gehen sie über die senfgelben Flure hinaus aus dem Präsidium, der Smokey gebückter als zuvor. Er konzentriert sich auf die schwarzen Striemen, die die Sohlen unzähliger Schuhe verursacht haben, er denkt an die vielen Menschen, die diese Spuren hinterlassen haben, als sie auf dem Weg zu ihm waren. Weil sie jemanden vermissen, weil er sie vernommen hat, weil sie eine Aussage machen wollten oder es vorgezogen haben zu schweigen. Er schaut auf diese Spuren, damit er seine Konzentration nicht in den Schmerz steckt.

Warum war er auch so blöd, in die Löwengrube zu kommen?, schimpft er mit sich, wo er doch genau weiß, dass das dem Bechterew nicht taugt.

Der Fleischsaft vom Leberkäs tritt erst aus, nachdem der Metzger die Scheibe heruntergesäbelt und in die Semmel gelegt hat. Die saugt sich damit voll, deshalb muss man sich die Schweinerei in einer Tüte geben lassen und ein paar Minuten warten, bis man in die Semmel beißt, die erst jetzt eine schöne Allianz mit der Leberkässcheibe eingegangen ist.

Der Wolf und er, jeder eine fettige Tüte in der Hand, stellen sich mit dem Rücken an das Rathaus und schauen auf den Marienplatz. Dann holen sie, als gäbe es ein geheimes Kommando, gleichzeitig ihre Leberkässemmel heraus und beißen hinein, der Smokey mit Senf, der Wolf ohne.

»Magst du keinen Senf?«

»Schon«, sagt der Wolf und kaut, »aber davon krieg ich Sodbrennen.«

Mit großen Tüten laufen die Menschen über den Platz. Ob es weniger sind als früher, kann der Smokey nicht sagen, aber der Donisl gegenüber, der immer voll war mit Touristen aus aller Welt, hat keine Tische draußen, die Scheiben sind dunkel, und kein Kellner läuft hektisch von drinnen nach draußen und schleppt Haxen und Bier.

»Glaubst du, da kommt wieder eine Wirtschaft hinein?«, fragt der Wolf, als ob er Gedanken lesen könnte.

Der Smokey zuckt mit den Schultern. »Vielleicht auch

ein Shop.« Er macht eine vage Bewegung mit der Leberkässemmel. »Für eine Wirtschaft ist die Pacht zu teuer.«

Der Wolf nickt, ein bisschen resigniert. Sie brauchen das Thema nicht vertiefen, sie sind sich eh einig, man braucht nur einmal links und rechts und rundherum schauen, wo die großen Ketten auch aus einer schönen Altstadt eine Shopping-Arkade machen.

»Wir gehen davon aus, dass es ein Unfall war«, beginnt der Wolf jetzt und kommt auf das Thema, weshalb sie zum Leberkässemmelessen gegangen sind. Dabei schlendert er vor in Richtung Marienhof, der Smokey folgt ihm. »Wir haben zwar Anhaltspunkte, dass er nicht allein war –«

»Die Frau Wiese hat einen Streit gehört.«

Der Wolf schickt einen Seitenblick zum Smokey, geht dann aber nicht darauf ein, dass der herumgeschnüffelt hat.

»Aber es lässt sich nicht nachweisen, dass die Todesursache zwingend auf Fremdeinwirken zurückgeht.« Er knüllt seine Tüte zusammen, zielt auf einen Abfalleimer und versenkt die Papierkugel professionell im drei Meter entfernten Loch. »Damit habe ich genug gesagt. Du weißt ja: laufende Ermittlungen.«

»Danke«, sagt der Smokey und meint es aufrichtig. Zu wissen oder zumindest davon ausgehen zu können, dass sein alter Freund kein Mordopfer ist, beruhigt ihn. Dazu kennt er schon zu viele Mordopfer.

»Suizid übrigens ausgeschlossen«, fügt der Wolf noch hinzu. Aber das hätte er nicht sagen müssen, denn so viel kann auch der Smokey als Ex-Mordler noch erkennen, dass sich niemand umbringt, indem er seinen Schädel auf einen Stein donnert.

Jetzt kann es der Wolf aber doch nicht lassen. Wie sie so nebeneinander am neuen Haus vom FC Bayern entlangschlendern, durch die Filserbräugasse zur Frauenkirche laufen und zurück in die Löwengrube, redet er darüber, dass es eben in so einem Fall wie dem vom Martin Schanninger, den in München jeder kennt und keiner mag, nicht so leicht ist, die Ermittlungen einfach einzustellen. Weil alle der Mordkommission auf die Finger schauen, und sie müssen schon hundertprozentig sicher sein. Es kann ja auch ein Totschlagdelikt sein oder Fahrlässigkeit.

»Feinde hat er mehr als genug gehabt, dein sauberer Freund«, schließt der Wolf. »Allein schon alle Mieter von seiner Prokura.«

Der Smokey denkt an die Worte von der Maria Buco. Und wie schön es war zu hören, dass es außer ihm und dem Moni, der Aymée und der Lizzy mindestens noch einen Menschen auf der Welt gibt, der im Schani nicht nur den Halsabschneider und Immobilienhai gesehen hat.

8

»Darüber kann ich ihnen keine Auskunft geben.«

Die junge Frau lächelt ihn an.

Der Smokey lächelt zurück.

Sein Lächeln prallt an der Make-up-Barriere ihres Gesichtes ab und kommt wieder zu ihm zurück.

»Meine Tante ist über neunzig. Da ist es doch nachvollziehbar, dass sie wissen will, wohin sie umgesetzt werden soll?«, sagt der Smokey.

»Das steht alles in dem Schreiben, das Ihrer Tante zugegangen ist.«

»Nein. Da steht nur, dass sie umgesetzt wird, aber nicht, wohin. Trotzdem wollen Sie von ihr eine Einwilligung zur Modernisierung haben. Das geht nicht.«

Damit hat er einen Pfeil abgeschossen, die Augenbrauen zucken ein bisschen, weil der Satz »Das geht nicht« vermutlich ein No-Go ist im Immobiliensektor. Steht ja auch im Prospekt von der Prokura, den der Smokey durchgelesen hat, in der einen Stunde, in der er darauf gewartet hat, dass er jemanden sprechen darf. Und immer wieder auf das Bild vom Schani geschaut hat, das auf dem Empfangstresen in einem schwarzen Bilderrahmen steht.

Es ist unverkennbar sein Freund auf dem Bild, und trotzdem ist er es nicht. Er trägt einen dunkelblauen Anzug mit Seidenkrawatte, die Haare ordentlich frisiert und nach hinten gegelt, so wie der Charles Schumann, der elegante Hund.

Auf dem Bild sieht der Smokey den Martin Schanninger, nicht den Schani, so wie er ihn kennt.

Auch der Prokura-Prospekt – »Wir machen gutes Wohnen möglich« – hat nichts mit dem Schani zu tun, wie er ihn gekannt hat. Der Prospekt ist seriös und geschmackvoll. Der Schani war ein ganz ordinärer Strizzi. Aber er hat eben seine Leute gehabt, die ihm Prospekte geschrieben und gestaltet haben, die ihm einen Milchglasempfangstresen und eine Skulptur und ein Lichtkonzept hingestellt haben.

Ihn frisiert, geschminkt und für das Foto gestylt.

Allerdings, wenn er sich das Aufpolierte aus dem Prospekt wegdenkt, dann erkennt der Smokey dahinter die Philosophie von seinem Freund: Geld regiert die Welt.

Ganz einfach.

So simpel gestrickt war der Schani immer schon, nach dem Leitsatz hat er sich alles aufgebaut, das war der rote Faden durch sein Leben. Genauso kann man es aus dem Prospekt herauslesen: Haben Sie Geld? Dann geben Sie es uns. Wir machen alles möglich. Haben Sie Geld? Dann dürfen Sie schön wohnen: Isarblick, Dachterrasse, Fußbodenheizung, Urlaubsservice – alles geht. Haben Sie Geld? Dann können Sie von uns eine Immobilie kaufen. Wir haben da etwas für jeden Geschmack. Haben Sie Geld? Dann kann Ihnen nichts passieren.

Passiert ist dann aber doch etwas, wenn der Smokey dem Pollner Glauben schenken darf.

Weil der ihm erzählt hat, dass der Schani alles verloren hat.

Nicht nur der Schani, auch der Pollner.

Haben Sie Geld? Dann nehmen wir es Ihnen weg.

Vielleicht ist es eine Tragödie, aber vielleicht ist es auch einfach das Leben, das nicht den gleichen Leitsatz wie der Schani hat.

Das Leben scheißt nämlich aufs Geld.

Weil der Smokey mit seinem »Das geht nicht« quasi angedroht hat, dass er seine »Tante« dazu bringen wird, nicht in die Modernisierung einzuwilligen, blättert die junge Frau ein bisschen in Unterlagen herum, ihr Make-up bekommt unschöne Risse.

»Es ist ja nicht nur die Frage nach der Umsetzwohnung«, feuert der Smokey jetzt aus allen Rohren. »Aus Ihrem Schreiben geht auch nicht hervor, wer für die Kosten des Umzugs aufkommt. Wer überhaupt den Umzug organisiert, ob jetzt der alte Mietvertrag auch für die Umsetzwohnung gilt oder ob es da einen neuen gibt, ob meine Tante ein Anrecht hat, wieder in ihre alte Wohnung zurückzugehen«, er holt tief Luft und lehnt sich in seinem Stuhl zurück, auch wenn es für den Bechterew überhaupt nicht kommod ist, aber dramaturgisch ist es immer gut, wenn ein Männchen im Kampf seine Brust zeigt, »und wenn Sie mir diese Fragen nicht beantworten können, möchte ich gerne Ihren Chef sprechen.«

Da bröckelt es jetzt gehörig im Gesicht der jungen Frau, sie wirft einen Blick auf das Foto vom Schani und sagt: »Ich fürchte, das geht nicht.«

Jetzt spart sich der Smokey die Nachfrage, weil er ist schon für ein Fair Play und mag nicht so tun, als wüsste er von nichts, denn das wäre glatt gelogen.

»Aber wer trifft denn jetzt die Entscheidungen?«

»Ich weiß es nicht«, sagt die Frau und schaut sehr hilflos aus auf einmal. »Wir wissen gar nichts.«

»Gibt es keinen Stellvertreter oder Aufsichtsrat?«

»Ich muss Sie wirklich bitten, sich zu gedulden.«

Weil er einsieht, dass er hier kein Stück weiterkommt, steht der Smokey mühsam auf und verabschiedet sich.

Unten auf der Straße überlegt er, dass er dann eben den Kayacik anrufen wird. Der durchforstet schließlich die Unterlagen vom Schani und spürt den Geschäften nach, sonst wäre er nicht beim Pollner vor der Tür gestanden.

»Dass du dich traust«, hört er den Kayacik gleich ins Telefon sagen anstatt einer Begrüßung.

»Warum?«

»Der Pollner ist tot«, sagt der Kayacik. Und man hört ihm an, dass er darüber kein bisschen froh ist. »Hat sich auf der A95 darennt.«

Jetzt hätte sich der Smokey gern gesetzt, ihm ist flau. Im Magen, in den Knien, im Kopf.

»Wann?«, fragt er.

»Vor drei Stunden circa. Wahrscheinlich auf der Rückfahrt von der Wildschönau. Wollte nach Hause an den See.«

Der Smokey ist nicht in der Lage, etwas zu sagen, er fühlt eine so übergroße Schuld, die ihn niederdrückt, schlimmer als der vermaledeite Russe.

Der Kayacik muss das wissen, aber trotzdem spricht er

weiter, packt noch ein Kilo Schuld obendrauf und noch eines.

»Überhöhte Geschwindigkeit. Hat kurz vor dem Kreuz Starnberg die Kontrolle über den Wagen verloren. Zuerst in die Mittelleitplanke, dann mit blockierten Reifen rechts durchgebrochen. Mit Karacho in den Wald. Da klebt er jetzt am Baum. Vom Wagen ist nichts mehr übrig.«

»Scheiße.«

»Das kannst laut sagen.«

Der Smokey beendet das Gespräch und weiß, dass er jetzt für sein Seelenheil mehr braucht als Heizdecke und Cannabiszigarette.

9

Der Zwetschgendatschi von der Gabi ist sensationell, auch wenn der Klausi ihm vorhin, als die Gabi in der Küche war, sein Leid geklagt hat, dass sie Zucker verboten hat und der Hefeteig aus Vollkorndinkelmehl ist. Früher war fast alles, was die Gabi gekocht hat, ungenießbar, außer der Kartoffelsalat. Aber seit die Gabi nicht mehr arbeitet und viele Hobbys entwickelt, hat sie auch den Geschmack entdeckt.

Vorher in der Bahn hat der Smokey noch gedacht, dass er so schnell keine Freude mehr an den Dingen haben wird.

Weil der Pollner in seinem Kopf herumspukt.

Als wenn der Bechterew nicht reicht.

Aber seit er hier sitzt, auf der Terrasse vom Klausi, und auf den Tegernsee schaut und die Berge, ist ein Gedanke vom hinteren Gehirn in das vordere gekrochen. Und dieser Gedanke hat sich wie ein warmes Eigelb im Kopf vom Smokey ausgebreitet.

Einer wie der Pollner wickelt sich nicht um die Leitplanke, weil der Kayacik hinter ihm her ist.

Einer wie der Pollner hat keine Angst vor dem deutschen Staat. Einer wie der Pollner denkt, ihm kann eh keiner.

Einer wie der Pollner sagt dem Leben allerhöchstens »ciao!«, weil das Geld futsch ist.

Einer wie der Pollner ist erst dann verzweifelt, wenn sie ihm die Villa am See unter dem Hintern wegpfänden und wenn er zum Geheimversteck in die Hütte seiner Putzfrau flüchten muss anstatt in ein Spa-Resort auf den Malediven.

Aber dass er pleite ist und in die Insolvenz gehen muss, das hat der Pollner vor dem Anruf vom Smokey eh schon gewusst.

Und deswegen setzt der nicht seinen Wagen an eine Leitplanke. Nicht aus Absicht.

Für wen die Info mit der Pleite neu war, das war der Smokey. Dass sein alter Freund Schani nichts mehr besessen hat, das hat ihn schon umgehauen. Bei dem Telefonat mit dem Pollner hat er sogar das Gefühl bekommen, es hat dem Pollner Freude gemacht, ihm die Neuigkeit hinzureiben.

Die beiden sind nämlich Hand in Hand untergegangen, und tatsächlich war der Smokey im Nachhinein ein bisschen geknickt, dass er von der desolaten Lage seines alten Spezis nichts gewusst hat. Aber der Pollner, das windige Bürscherl.

Vielleicht auch die Maria Buco.

»Schmeckt's?«, fragt die Gabi und setzt sich zu ihren Männern dazu. »Ist kein Zucker drin. Nur von den Zwetschgen. Und mit Dinkelvollkornmehl.«

»Super«, sagt der Smokey, nickt und blinzelt entschuldigend zum Klausi, dem er nicht in den Rücken fallen will, aber der Datschi schmeckt ihm wirklich.

»Der Pollner also.«

Die Gabi verdreht die Augen. Der Smokey schaut sie gerne an, und das Augenverdrehen, das ist ihm so vertraut, die Gabi braucht gar nicht sagen, was sie vom Verstorbenen hält oder nicht gehalten hat, ihr Augenrollen sagt ihm alles.

Auch der Klausi schaut versöhnt, der nimmt für eine Frau wie die Gabi sogar Dinkelvollkornmehl und Edelsteinwasser in Kauf.

»Also wenn du mich fragst, wundert mich das nicht.«

»Ich frag dich aber nicht.«

»Und ich sag es trotzdem. Mich wundert's nicht.«

Der Klausi schaut zwischen ihnen her wie beim Pingpong.

»Weil nur einer, der sein Lebtag nicht gearbeitet hat, solche Geschäfte machen kann.«

Die Gabi nimmt Fahrt auf, auch das kennt der Smokey gut von ihr. Sie will dann nicht unterbrochen werden, aber der Smokey tut es trotzdem, allein schon, um dem Klausi ein Pingpongturnier zu bieten, weil er den Klausi mag und ihm die Gabi von Herzen gönnt.

Er liebt seine Frau. Immer noch. Und diese Liebe wird nie vergehen, aber eben weil er sie liebt, mag er auch den Klausi, der sie glücklich macht. In dem Punkt, das weiß der Smokey sehr wohl, hat er nämlich versagt. Er hätte sie retten müssen. Vor seinem Job und seinen nächtlichen Gespenstern. Und nicht einfach weitermachen und mehr und mehr in die Arbeit vergraben. Der Klausi stattdessen hat einen Feierabend und Urlaub und ein Wochenende. Und ein schlichtes Gemüt. Wenn den etwas drückt, dann nimmt er seine Walkingstöcke und läuft einmal um den Tegernsee herum, kommt nach

Hause zur Gabi und isst voller Freude einen Zwetschgendatschi ohne Zucker.

»Gabi, das ist ein Schmarrn«, unterbricht der Smokey sie also. »Der Schani hat sein Lebtag gearbeitet, sehr hart sogar, mehr wie du und ich zusammen.« Und wie der Klausi, der Sparkassenfilialleiter, sowieso, aber das behält er für sich. »Und trotzdem macht er solche Geschäfte.«

Die Gabi schaut mitleidig.

»Der Schani ist vom Geld verführt worden«, sagt sie. »Von solchen wie dem Pollner. Vorher hat er Geschäfte gemacht, die er sich leisten konnte, aber wie er den Pollner getroffen hat, war's aus und vorbei.«

»Es gehören schon immer zwei dazu.«

»Freilich.« Die Gabi reibt sich die Hände, und dann nimmt sie einen großen Bissen Datschi, ohne die Kuchengabel zu benutzen. Es macht Spaß, der Gabi beim Essen zuzusehen, weil sie immer mit großem Appetit isst und nicht anfängt mit dem Kalorienzählen oder damit, dass sie ein Hüftgold hat und eine Diät macht.

Sie hat wunderschönes Hüftgold, in guten Nächten träumt der Smokey davon, dass er noch einmal hinlangen darf, dann bleiben die Mordopfer auch schön daheim und lassen der Gabi in seinen Träumen den Vortritt.

Davon, dass sie den Mund voll hat, lässt sich eine wie die Gabi nicht abhalten, wenn sie etwas sagen muss. Über den Schani hat sie schon immer gerne geredet und selten etwas Gutes.

»Der Schani hat die Anlage schon mitgebracht«, sagt sie. »Für die windigen Geschäfte. Dem seine Immobiliengeschäfte waren nie astrein, wenn ich allein an die Wohnungen denk, die der uns verkauft hat. Meiomei!« Sie schüttelt den Kopf. »Das hat der Klausi zum Glück ganz gut gemanagt. Sonst hätte ich noch mehr Geld versenkt.«

Der Smokey ist verwundert, weil die Wohnungen, die der Schani ihnen verkauft hat, hat er bei der Scheidung der Gabi überlassen. Was er aus Großherzigkeit getan hat, weil sie als Krankenschwester nur eine schmale Rente hat, und die beiden Wohnungen waren für die Altersvorsorge gedacht. So etwas braucht er ja nicht, weil er ein Beamter ist und kinderlos obendrein. Aber es scheint, als wären zwei Wohnungen in der Innenstadt von München keine Lizenz zum Gelddrucken, wie er gedacht hat, sondern ein Klotz am Bein.

Ja, gibt's das?

Aber er fragt jetzt lieber nicht, er sieht, dass die Sache auch dem Klausi unangenehm ist.

»Der Schani kommt halt vom Bau«, schleckt sich die Gabi Sahne vom Finger, »dem ist die Bescheißerei in die Wiege gelegt. Aber er hat immer gewusst, was er mit seinem Geld macht. Der Pollner allerdings hat sein Geld geerbt!« Der Sahnefinger fährt steil in die Höhe. »Der hat es nicht einmal zählen können. Für den war Geld nichts, was man anfasst. Oder aus dem Geldautomaten holt. Der hat bestimmt auch kein Schweinderl gehabt als Bub.«

Der Klausi nickt bestätigend, weil Sparkasse und Schule, das ging immer schon gut zusammen. Da hat die Sparkasse früher in den Klassen eisenhart Werbung machen dürfen, mit Comic-Hefteln und Spardosen. Der weiß also genau, dass ein reicher Erbe vom Starnberger See bestimmt keine Zehnerl durch den Schlitz gefummelt hat.

»Für den Pollner war Geld immer schon da, und als es weg war, hat er es erst einmal gar nicht gemerkt, weil, ob du eine halbe Million auf der Bank hast oder ob du sie auf der Bank in den Miesen hast – einen Porsche auf Pump bekommst du immer.«

»Das stimmt«, sagt der Klausi. »Solche Kunden haben wir schon auch.«

»Und was willst jetzt sagen, mit deiner Theorie über den Pollner?«

»Dass der sich nicht umbringt, bloß weil er pleite ist.«

»Sondern?«

»Dass ich dir das sagen muss, wo du der Mordler bist«, lacht die Gabi.

»Doppelmord!«, sagt der Klausi.

»Schmarrn!«, sagt der Smokey.

Er denkt an die dicke Rolle Bargeld, die der Schani auch im Tod in seiner Hosentasche gehabt hat. Die Gabi hat so unrecht nicht mit ihren Betrachtungen. Vielleicht hat es dem Schani wirklich das Genick gebrochen, dass er in einer Welt, in der das Geld virtuell unterwegs ist, nicht zurechtgekommen ist. Ein Briefkasten auf den Caymans und ein Konsortium in Luxemburg, das hat nicht zu ihm gepasst. Einer wie der Schani, der zum Geld Diridari sagt und dazu die Finger aneinanderreibt, begreift seinen Reichtum nur, wenn er vor ihm steht und er ihn anfassen kann. Ob das eine Speise, eine Frau oder ein Haus ist. Meistens waren es Autos. Hat der Schani ein gutes Geschäft abgeschlossen, hat er sich einen neuen Wagen gekauft. Aber nicht, dass er ihn in eine Garage gestellt hat, neben die anderen fünf und nur poliert. Nein, der Schani hat alle Dinge, die ihn im Leben begleitet haben, auch benutzt. Ein Auto ist er gefahren. So lange, bis er sich das nächste gekauft hat. Mit den Frauen hat er es genauso gemacht, nur dass das viel komplizierter war, deshalb hat er häufiger gewechselt, und im Alter waren ihm dann halt ein Lamborghini oder ein Maserati wichtiger.

»Du kannst das nicht miteinander vergleichen.«

Kommt der Smokey noch einmal auf die Doppelmordtheorie zurück, weil sich jetzt der Bechterew ein bisserl rührt. »Der Schani hat wahrscheinlich einen Unfall gehabt. Und der Pollner genauso. Der ist einfach zu schnell gefahren.«

In dem Moment, wo er es ausspricht, fällt ihm ein, dass der Moni genau dasselbe über den Schani gesagt hat. Ein Leben auf der Überholspur.

»Ein Leben auf der Überholspur«, sagt er laut. »Alle beide.«

»Mit dem *Diamond* hat das angefangen.« Die Gabi gibt sich alle Mühe, einen überheblichen Blick aufzusetzen, aber die Verklärung steht ihr im Weg. Weil das *Diamond*, das war schick, und sie ist immer gerne hingegangen, hat aber noch nie zugeben können, dass es ihr taugt. »Warum kauft sich der Schani auch eine Disco?«

»Weil's ihm Spaß gemacht hat. Und dir auch.«

»Ach, geh!«

»Freilich!«

Der Smokey lacht, weil er an die alten Zeiten denkt. Daran, wie sie jung waren. Wie die Gabi getanzt hat und er zugeschaut, sich immer in einer Ecke herumgedrückt mit Blick auf die Tanzfläche. Weil er nicht so gerne im *Diamond* gesehen werden wollte. Die Drogenfahnder sind dort ein und aus gegangen, das waren die Achtziger und die Neunziger, das Privatfernsehen hat in der Bavaria gedreht, die Manager haben die Taschen voll Geld gehabt und am Abend ausgegeben, was sie am Tag eingenommen haben. Im *Diamond* sind Fernsehrollen und Regieaufträge und Schnee und Mädchen über den Tisch gegangen, und der Schani ist kaum noch nachgekommen mit dem Geldrolle-aus-der-Hosentasche-Ziehen. Er hat dafür gesorgt, dass sich alle bei ihm wohlfühlen, er hat organisiert, was gewünscht war. Eine Nachfrage hat der Schani schon erkannt, bevor seine Gäste überhaupt gewusst haben, was sie glücklich macht.

Und legal war es fast nie.

Das erzählt die Gabi auch dem Klausi, der schaut ein bisschen, als wenn es ihm leidtut, dass er das *Diamond* verpasst hat.

»Der Schani war großzügig. Und ein guter Gastgeber.«

Der Smokey hat das Gefühl, dass er seinen toten Freund vor der Gabi verteidigen muss. Das ist schon immer so gewesen, weil die Gabi an ihrer Freundschaft kein gutes Haar gelassen hat.

»Ein guter Gastgeber! Da lachen dir seine Mieter ins Gesicht.«

»Gabi, lass gut sein.«

»Wenn's wahr ist.«

Dem Smokey fällt die Frau Wiese ein und ihr Wohnzimmer mit den Spitzendeckchen. Ihr schuldet er noch einen Besuch, weil er bei der Prokura war. Er fragt sich, ob die junge Frau mit dem Maskengesicht eine Ahnung davon hat, dass sich hinter jeder Wohnung auch ein Schicksal verbirgt. Daran denkt er jetzt. Und dass es ist wie beim Adventskalender. Der schön ausschaut mit einem Bild vorne drauf, wenn er noch frisch ist, vielleicht sogar ein Glitzer drübergepudert. Und dann fängst du an, die Türchen aufzumachen, und je mehr Türchen geöffnet sind, desto hässlicher wird der ganze Kalender. Und an Weihnachten, wenn alle Türchen nur noch leere Löcher sind, magst du ihn gar nicht mehr anschauen und kannst ihn wegschmeißen.

Die junge Frau von der Prokura schaut halt nur auf das Bild vom ungeöffneten Kalender. Aber, das fragt sich der Smokey, sie muss doch auch eine Mama oder einen Papa haben, die irgendwo wohnen. Und wahrscheinlich nicht in einer luxussanierten Prokura-Wohnung.

So wie der Schani, der als Bub mit seiner Mama in Armut gelebt und auf seinem Weg zum Reichtum vergessen hat, dass es immer noch genug Leute gibt, die so leben wie er früher.

Und wie die Lizzy lang, lang in ihrem feuchten Häusl.

Vielleicht hat er es deshalb abgerissen, kommt dem Smokey in den Sinn. Weil das Häusl den Schani wie an einem Gummiband immer wieder in seine Vergangenheit gerissen hat und er sich nicht davon hat lösen können. Dass er, solange das Häusl da steht, der Schani von ganz unten ist.

Von einer alten Frau hangeln sich die Gedanken zur nächsten, und ihm fällt ein, dass er sich jetzt um die Lizzy kümmern muss, abwechselnd mit dem Moni. Sie müssen hingehen und der Lizzy das Gefühl geben, dass sie der Bubi sind und sie nicht allein ist auf der Welt.

Und weil er spürt, dass er in Gedanken wieder in Giesing unterwegs ist, weiß der Smokey, dass es Zeit ist, den Tegernsee zu verlassen.

Er hält das Zwetschgendatschi-Idyll nie lange aus. Er braucht die Kaugummiklumpen auf den Gehwegplatten und die Hundehaufen, die Touristen mit ihren Rollkoffern, das sanfte Rauschen vom Mittleren Ring und wie es ihn in den Straßen seiner Heimat vor Glück in die Kurven legt.

Den Nockherberg herunter und den Giesinger Berg wieder hinauf, mit Karacho die Biege von der Silberhorn in die Tegernseer oder die sanfte Schwingung vom Isarufer hoch über die Candidstraße, die sich ums Grünwalder Stadion schmiegt.

Giesing, denkt er mit übervollem Herz, Giesing ist so, wie er die Frauen liebt. Nicht mehr jung, kurvenreich und hinter jeder Biegung eine Überraschung.

ES IST, WIE ES IST

2006

Als er von der Arbeit kommt, sieht er die Kisten auf der Straße. Erst da begreift der Sepp, was ihm passiert.

Er ist allein.

Die Gabi macht ernst, sie geht.

Gesagt hat sie es schon lange. Vor zwei Wochen hat sie angefangen zu packen. Unter Tränen. Er hätte etwas sagen können, aber der Sepp hat nicht geglaubt, dass er sie mit Worten überzeugen kann. Und mit Taten? Er hat nicht gewusst, wie. Also hat er den Kopf in die Arbeit gesteckt, hat jede Überstunde und jede Nachtschicht gefahren, die die Kollegen nicht machen wollten. So hilflos war er, dass er in der Nacht, wenn er den Schlüssel in das Schloss gesteckt hat, gehofft hat, die Gabi schläft.

Ihre Tränen haben sein Herz verflüssigt, bis der Sepp kein Mensch mehr war, sondern ein Automat.

Im letzten Jahr ist er fünfzig Jahre alt geworden, und mehr als die Hälfte seiner Lebenszeit hat er mit der Gabi verbracht. Sie ist seine Sonne, sein Motor und sein Glück. Er hat alles, was er getan und gedacht hat, auf die Gabi hingetan und hingedacht, und trotzdem hat er sie nicht halten können.

Es ist das gleiche Gefühl wie damals, am Langwieder See, da waren sie noch jung und sind in der Nacht hin, im heißen Sommer. Sie haben sich geküsst und ausgezogen, der Sepp hat in die Sterne geblickt und gedacht, dass er den schönsten Stern gefangen und auf die Erde geholt hat.

Danach ist die Gabi in den See gerannt, das Wasser war warm und hat sich angefühlt wie der leichte Pelzmantel aus Silberfuchs, den er für sie bei einer Haushaltsauflösung gekauft hat. Aber nach ein paar Zügen in den See hinein hat der Sepp die kalten Stellen im Wasser gespürt, und sofort sind ein paar gute Bekannte vom Grund hinaufgestiegen, weiche, aufgedunsene Leiber, die ihn gegrüßt haben. Und der Sepp hat es nicht geschafft, der Gabi hinterherzuschwimmen, er musste umdrehen.

Er hat sie gerufen, aber sie hat nur gelacht und ist weitergeschwommen. Mit kräftigen Zügen, so weit, bis er sie nicht mehr gesehen hat.

Am Ufer hat er auf sie gewartet, im Finsteren, und hat sich vorgestellt, dass er die Gabi nicht retten kann, wenn ihr etwas passiert, weil er sie verloren hat.

Wegen der Toten, mit denen er lebt.

Das gleiche Gefühl hat er seit langem, die Gabi schwimmt von ihm davon, und er ist festgewurzelt am Ufer, schaut ihr hinterher und muss sie ziehenlassen.

Neben den Kisten auf dem Gehweg steht ein Sprinter mit offenen Hecktüren. Der Schani hievt die Kisten vom Gehweg hinein, der Hias nimmt sie entgegen und stapelt sie im Laderaum.

Der Hias sieht ihn zuerst, wie er die Straße hinunterkommt. Er erstarrt und schaut den Schani an. Der dreht sich um, und als er den Sepp ebenfalls sieht, stellt er die Kiste, die er hochgehoben hat, wieder hin.

Ertappt schauen sie aus.

Als wenn sie ihren Freund verraten, weil sie der Gabi helfen.

Aber der Sepp ist fast froh, dass sie es sind und nicht irgendwelche Fremde, die die Gabi von ihm wegnehmen.

Seine Sohlen sind aus Blei, er geht und geht, aber der Gang dauert eine Ewigkeit. Und wie er dann vor dem Sprinter steht, der gerade den halben Hausstand seiner Ehe verschluckt, ist alle Kraft aus ihm heraus, er möchte sich zwischen die Kisten legen und schlafen.

Er sagt aber nur: »Servus.«

»Oida«, sagt der Schani.

Und »sorry« der Hias.

Die bleiernen Sohlen vom Sepp verbinden sich jetzt mit dem Asphalt von der Werinherstraße, sie verwurzeln ihn, wie ein stabiles Fundament und sorgen dafür, dass er diesen Fleck nicht mehr verlassen kann. Er kann nicht in den Hausflur gehen, wo die Gabi steht und weint. Er kann nicht die Treppe hoch in den zweiten Stock und sich die halb leere Wohnung anschauen. Er kann sich nicht in ihr Ehebett legen, das die Gabi ihm gelassen hat, weil sie sich in ein anderes Bett legen wird, das auf sie gewartet hat.

Der Sepp bleibt einfach stehen, spürt nicht, wie die Monique ihm seine Aktentasche aus der Hand nimmt und ihm die Tränen von der Wange küsst.

Die kleine Aymée nimmt ihn an der Hand, als der Sprinter längst fortgefahren ist, und will ihn mit sich ziehen, weil ihre Mama etwas gekocht hat und der Sepp nicht allein sein soll, sondern mitkommen zu ihr. Als er sich aber nicht bewegt, bleibt sie einfach neben ihm auf der Straße stehen und hält seine Hand.

Ihre kleine hat mehr Kraft als seine große.

Der Sepp steht und steht. Er sieht und hört nicht, aber er spürt, wie sein ausgepresstes Herz schlägt, es gibt nicht auf. Auch das Atmen fällt ihm schwer, der Brustkorb ist eng, in seinem Körper zieht ein Schmerz auf, ein Schmerz, den er schon lange spürt und der immer stärker wird, aber es ist wie mit dem schwarzen Loch zwischen ihm und der Gabi: Er sieht es und spürt es, weil er aber nicht weiß, was er machen soll, macht er nichts.

Es wird dunkel in der Werinherstraße, die Aymée musste nach Hause, hinter dem Matratzen Concord geht die Sonne unter, und wie sie fast ganz versunken ist, nur mehr ein schmaler Streifen glühendes Orange hinter den Giesinger Dächern glimmt, kann sich der Sepp wieder rühren. Er fasst in die Hosentasche, da ist sein Schlüsselbund, er geht über den Gehsteig zur Haustür, sperrt auf, läuft die Treppen hoch wie an einem normalen Tag, steht vor seiner Haustür mit dem Herz aus Fimo, das die Gabi gebastelt hat.

»Willkommen« steht darauf. Er nimmt es ab, schließt die Tür auf, macht Licht im Flur und sieht sich um.

Es sieht fast aus, wie es immer ausgesehen hat.

Ein Zimmer nach dem anderen schaut sich der Sepp an, und es schmerzt ihn zu sehen, welche Mühe sich die Gabi gegeben hat, alles so normal wie möglich zu hinterlassen. Es ist typisch für die Gabi, dass sie die Kraft hat, ihn zu verlassen, aber trotzdem immer daran denkt, wie sie es so machen kann, dass es für ihn am besten zu verschmerzen ist.

Hier fehlt etwas und da, aber es ist alles, wie es früher war, einfach nur weniger.

Wird so sein Leben aussehen, fragt sich der Sepp, so wie früher, einfach nur weniger?

Auf dem Küchentisch stehen ein Primitivo und ein Teller Antipasti, das hat garantiert die Monique für ihn hingestellt, sie meint es immer gut mit allen, so wie die Gabi auch, deshalb haben sie sich so gut verstanden.

Und wie er überlegt, ob er jetzt den Primitivo öffnen oder aus dem Fenster schmeißen soll, klingelt es an der Haustür.

Es ist der Schani. »Komm«, sagt er, zieht den Sepp aus der Tür und knallt sie hinter ihm zu.

Ohne Worte steigen sie in den Maserati, und der Sepp fährt durch die Nacht, bis er das Auto abstellt und sie nebeneinanderher laufen.

Sie gehen bis nach oben auf den Berg, vorbei an den Pärchen, die sich an den Händen halten, und den Gruppen, die beieinandersitzen und trinken, manche machen Musik, Bongos, hie und da eine Gitarre.

Als sie oben auf dem Olympiaberg sind und einen Blick auf die Seebühne haben, die jetzt dunkel ist, setzt sich der Schani, öffnet zwei Bier von sechs, die er mitgenommen hat, gibt dem Sepp eins und zündet sich eine Zigarette an.

So sitzen sie, zwei alte Indianer, und schauen auf München, wie es leuchtet. Unverdrossen.

Als die Sonne wieder aufgeht und der Föhnwind sanft die Alpenkulisse an die Stadt heranschiebt, das Dach des Stadions aussieht, wie eine weiß glitzernde Schneedecke, wacht der Sepp neben dem Schani auf und weiß, dass das Leben weitergeht.

Aber nicht so, wie es war.

Anders und mehr.

10

Die Lizzy kaut so lange auf dem Mon Chéri herum, dass der Smokey schon drei gegessen hat. Aber er reist auch nicht auf dem Geschmack von Schnaps durch die Zeit zurück. Für die Lizzy dagegen ist ein Mon Chéri eine Zeitkapsel, und wenn sie darauf herumbeißt, dann erscheinen ihr die besseren Jahre, das erkennt der Smokey an ihrem Gesicht.

Sie ist in einer Zeit, in der sie nicht mehr arbeiten musste und allein für ihren Buben sorgen. Als sie nicht mehr das Amiflitscherl war, sondern die Frau Schanninger, die Mama von dem fleißigen Bubi.

Als sie hinter dem Haus ihre Tomaten gehabt hat, Gurken, Radi und Rote Bete. Wie sie auf ihrem Stuhl, der an der Sonnenwand vom Häusl gestanden hat, ihren Kaffee getrunken und aus der Kittelschürze eine Handvoll Körner geholt hat für die Hühner.

Beppi, Luzie und die Grazia Patrizia, fallen dem Smokey ganz plötzlich die Hühnernamen ein.

Und dann nimmt er noch ein Mon Chéri, weil wer weiß, was ihm noch alles hochkommt davon.

Das Häusl war die erste Immobilie vom Schani. Er

hat es für wenig Geld bekommen und gekauft, um seine Mama glücklich zu machen. In der Zeit hat er die Gerüstbaufirma übernommen, er war ein Kraftlackl, die Muskeln haben nicht in einen Anzug hineingepasst, und beim *Hau den Lukas* hat er mit einem Schlag die Zwölf getroffen, quasi Weltmoaster.

Seine Pausen hat er bei der Lizzy gemacht, die für ihn gekocht hat. Jeden Mittag sind sie zusammengesessen, in der Küche oder im Garten in der Gietlstraße. Am Sonntag ist der Bubi zum Kaffee gekommen und hat eine Packung Mon Chéri für die Mama mitgebracht.

Die Eltern vom Sepp haben beide noch gelebt, der Papa vom Hias hatte noch kein Schlagerl, und so haben sie die Sonntage manchmal bei der Lizzy im Garten verbracht, haben gegrillt und der Gabi ihren Kartoffelsalat gegessen. Der Hias war noch in der Welt unterwegs, die Monique hat noch nicht am Horizont gestrahlt. Wenn er daran denkt, überfällt den Smokey eine blöde Nostalgie, die er eigentlich nicht haben mag, weil es traurig ist, die Welt nur immer in der Rückschau als schön zu empfinden.

Trotzdem spürt er die Sehnsucht nach der kleinen Welt im Häusl, und ihm ist, als wäre die Zeit damals langsamer gegangen, wie auch München noch nicht so schnell getickt hat wie heute.

Damals Kuckucksuhr, heute Patek Philippe.

Oder wenn der Schani und der Sepp nach den Spielen ein Bier getrunken haben, manchmal auch mehr, weil es war die aufregende Zeit bei den Löwen. Aufstieg in die erste Liga und wieder raus und wieder rein. Und noch einmal raus. Wie sie den Rudi Völler verloren haben und die Lizenz, da haben sich der Schani und der Sepp vor Aufregung manchmal nicht einkriegen können. Bei der Lizzy im Garten, mit rundherum Brandmauern von den Mietshäusern, haben sie dann recht schön diskutiert, wie der Metzger Schorschi göttlich am Ball geklebt hat und jede brenzlige Situation geklärt und dass der Rühl wahlweise ein Trainergott oder der größte Depp unter der Sonne war, wenn sie wieder hinab in die zweite Liga gestiegen sind.

Die Lizzy hat dazu die Leberkässcheiben gebräunt und ist dem Bubi übers Haar gefahren, wenn er sich gar so echauffiert. Das Augustiner war noch ein Bier und kein Lifestyle-Getränk, ein Arbeitstag hat acht Stunden gehabt und das Fernsehen nur drei Sender.

Daran denken der Smokey und vielleicht auch die Lizzy, während sie im Sankt Alfonsheim nebeneinandersitzen, auf der zähen Likörkirsche herumkauen und durch das Fenster vom Aufenthaltsraum zur Vogelstation gucken. Es ist spannender als jedes Fernsehen, sagt die Heimleitung, im Heim bekommt das Netflix keine Kunden, weil die Spatzen und Rotkehlchen und Meisen einfach besser sind.

Und wenn einmal am Tag der Specht kommt, dann geht ein Raunen durch den Aufenthaltsraum, genau wie früher bei *Wetten, dass ...?*, wenn der Thomas Gottschalk in einem Outfit die Bühne betreten hat, von dem man nicht glauben konnte, dass es noch geschmackloser ist als das von der letzten Sendung.

Es muss etwas dran sein, an dem Mon Chéri, weil plötzlich explodieren beim Smokey die Synapsen, und er überlegt, dass er gar nicht weiß, wem jetzt die Grundstücke und Immobilien vom Schani gehören.

Die ihm ja, wenn er dem verstorbenen Pollner Glauben schenkt, selbst nicht mehr alle gehört haben.

Erbt jetzt die Lizzy das, was übrig ist? Ist überhaupt noch etwas übrig? Und was hat dem Schani eigentlich alles gehört? Wo ist es hin?

Und obwohl es Zeit für eine Cannabiszigarette ist, der Bechterew hat schon wieder angeklopft, entscheidet sich der Smokey, eine Reise anzutreten. Eine Reise durch die Stadt, um die Orte zu besuchen, wo der Schani einmal den Finger draufgehabt hat.

Vielleicht, so hofft er, hat er eine Inspiration.

11

Dass dem Moni die Hände zittern, bemerkt der Smokey erst am Blick von der Aymée.

Sie sitzen zusammen vor dem *Eck* und trinken Kaffee, der Moni mit Schuss. Wie die Monique noch gelebt hat, gab's das nicht, dass der Wirt selbst sein bester Kunde ist, die Monique hat sich am späten Abend höchstens einen Sekt auf Eis mit Sprudelwasser erlaubt. Und in der Prosecco-Zeit mit der Gabi manchmal ein Glaserl ausgegeben, aber nie so viel, dass in der Flasche kein Tropfen mehr war.

Der Moni war auf alkoholfrei.

Aber seit die Sonne von Giesing nicht mehr über ihm scheint, hält sich der Moni an nichts, auch nicht der Aymée zuliebe, weil sie erwachsen ist und für sich selbst sorgen kann.

Er kratzt sich an der Lotusblume, die hinter seinem linken Ohr eintätowiert ist, die Zigarette gefährlich nah an den langen Haaren. Seine Hände zittern.

»Warum willst du das wissen?«

»Mei«, sagt der Smokey, »nur so.«

Der Blick vom Moni zuckt zu ihm hinüber, der weiß, dass es eine Lüge ist.

»Gib a Ruh.«

Der Smokey weiß selbst, dass es ein Schwachsinn ist, dass er nicht aufhört herumzubohren. Er hat mit dem Wolf telefoniert, weil er wissen wollte, wer die Firmen und Immobilien vom Schani erbt, aber der hat das Gleiche gesagt wie sein alter Freund: »Gib a Ruh.«

Aber die Freunde der Nacht geben auch keine Ruh, und es wird nicht mehr lange dauern, das weiß der Smokey gewiss, da steht der Schani auch an seinem Bett, mit dem aufgehauenen Schädel, und schaut ihn fragend an.

Solange der Wolf und die anderen Kollegen vom Mord nicht herausbekommen, was in der Nacht an der Baugrube von der Gietlstraße passiert ist, so lange hört der Smokey mit dem Bohren nicht auf.

Die Aymée hat sich einen Kellnerblock genommen und schreibt. »Da«, sagt sie und schiebt den Zettel zum Smokey hin.

Es ist eine Liste von Häusern und Grundstücken. Die Häuser mit den Bulgaren darin, das Grundstück vom ehemaligen Häusl an der Gietlstraße, Häuser in der Tegernseer und in der Unteren Grasstraße, der Block, wo die Frau Wiese wohnt. Einige große Mietshäuser an der Stadelheimerstraße, Bürohäuser in Garching. Außerdem das riesige Gelände hinter der Balanstraße.

»Und das *Diamond*?«

Der Moni schnaubt. »Das war zur Pacht.«

Der Smokey schaut noch einmal auf den Zettel. »Hast du schon was gehört von der Prokura wegen der Modernisierung? Hat der Schani dazu mal etwas gesagt?«

Der Moni zuckt nur mit den Achseln, aber hinter dem Ohr, da pulsiert jetzt die Lotusblume.

Und die Aymée klackert mit dem Kuli.

Bloß gut, dass in der Tegernseer ein starker Verkehr herrscht, weil zwischen den dreien am Tisch ist alles stehen geblieben. Ein Schweigen, so massiv wie ein Betonfundament. Dabei hat der Smokey viele Fragen.

Hast du die normale Miete zahlen müssen?, wäre eine.

Hättest du ausziehen müssen, wenn modernisiert wird?, eine andere.

Wie war das mit dir und dem Schani, eine Frage, die ihm schon seit Jahren unter den Nägeln brennt. Eine Frage, die man niemals stellt, weil sie sind Freunde, alle drei. Von Anfang an.

Der Moni drückt die Marlboro aus und geht hinein ins *Eck*.

Die Aymée hört auf, mit dem Kuli zu klackern, und knibbelt mit ihren Fingernägeln am Würfelzucker herum.

Würfelzucker. Den muss der Moni vor Jahrzehnten gebunkert haben, den gibt es sonst nirgendwo mehr.

»Wann geht's los?«, erkundigt sich der Smokey. Weil manchmal kommt man eher durch einen Umweg ans Ziel.

Der Würfelzucker verschwindet im Mund von der Aymée, und sie strahlt. Die Monique schaut durch die Augen ihrer Tochter auf den Smokey.

»Fünf Tage.«

»Und was sagt der Tahiil?«

Die Aymée zuckt mit den Schultern. »Mei. Was soll er sagen? Es ist lang geplant.«

Der Tahiil kommt aus Somalia und ist der Freund von der Aymée. Er macht eine Kochausbildung bei *Hallo München* und ist geduldet. Der darf die Aymée nicht nur nicht begleiten, er ist vielleicht auch schon abgeschoben, wenn sie zurückkommt.

Die Aymée hat die Gene ihrer Eltern, und die hat es beide aus ihrer Welt hinausgezogen. Den Hias über die halbe Weltkugel nach Haiti und die Monique von Haiti nach Giesing. Das Timing ist halt schlecht für den Tahiil, es wäre besser gewesen, wenn es die Aymée wie ihren Papa erst aus der Heimat getrieben und sie den Tahiil am Ende ihrer Walz aufgepickt hätte.

So ist er zu früh aus Somalia weggegangen. Aber natürlich kann man in einem Bürgerkriegsland nicht warten, dass eine Zimmerin aus Deutschland daherkommt und sich in einen verliebt, das ist dem Smokey schon klar.

Er fühlt trotzdem mit dem Tahiil.

»Und der Papa?«

Der Smokey schaut hinein ins *Eck*, während er das fragt, aber draußen ist heller Sonnenschein und drinnen finsteres Kneipendunkel, da sieht er nur die Marlboro-Glut aufleuchten.

Die Antwort muss die Aymée gar nicht aussprechen, der Smokey sieht die Schmerzen in ihrem Gesicht. Sie lutscht am Würfelzucker und dreht sich um, wirft auch einen Blick dahin, wo ihr Papa steht und in der Dunkelheit einen heimlichen Schnaps aus den Flaschen über der Theke zapft.

»Schaust du auf ihn?«

Eine Antwort spart der Smokey sich, stattdessen steht er auf, räumt die Kaffeetassen zusammen und geht hinein in den dunklen Schlund vom *Eck*.

»Wir sehen uns zum Spiel?«, fragt er den Moni, und der nickt nur. Seine Augen brennen ein Loch in den Kopf vom Smokey, aber der lässt nichts heraus, er behält seine Gedanken für sich. Durch den dicken Schädel kommt keiner durch, darunter hat die Gabi schon leiden müssen.

»Sers«, sagt er und läuft los. In die Gietlstraße zuerst, noch einmal und immer wieder wird er sich die Baulücke anschauen. Die Lücke, die die schönen Erinnerungen an das Leben, wie es einmal war, verschluckt hat. Wenn er jetzt auf das Loch zwischen den Brandmauern der Nachbarhäuser blickt, dann sieht der Smokey nur noch die silbernen Stiefel vom Schani.

Mit den Sohlen und den Absätzen nach oben.

Erinnerungen, sagt sich der Smokey, sind keine Erkenntnisse, und deshalb wird er jetzt nach Schwabing laufen, in die Occamstraße, dorthin, wo der Schani das *Diamond* gehabt hat. Auch wenn es nur zur Pacht war. Aber wenn der Smokey den Schani begreifen will, mit seinen Geschäften, seinen Häusern, seinen Geldverstecken und seiner Briefkastenfirma, dann muss er auch das *Diamond* besuchen. Oder besser: den Ort, an dem es einmal war.

Wenn man ein Gerüstbauer ist mit einem Hang zum Geld und kauft seiner Mama ein kleines Häusl, und danach macht man eine Disco auf, dann kann man genauso gut ein Zuhälter werden. Ein Autohändler. Filmproduzent. Oder man kauft eben noch eine Gerüstbaufirma.

Aber der Schani hat sich für Immobilien entschieden.

Und der Smokey will verstehen, warum.

Zur Isar läuft er hinab, über die Reichenbachbrücke in die Baaderstraße und durch das Glockenbachviertel. Der Bechterew steppt auf seinem Kreuz herum, weil es ihm nicht passt, dass er keine Heizdecke und keine Cannabiszigarette und keinen Mittagsschlaf bekommt. Verdenken kann der Smokey es ihm nicht, aber er hat sich entschieden, also läuft er. Quer durch die Stadt. Die Augen auf das Pflaster geheftet, auf die Schuhe der anderen, die ihm entgegenlaufen oder ihn überholen, weil der bucklige Mann vor ihnen nicht schnell genug vorwärtskommt.

Er schaut sich die Zamperl an und die Shopping-Bags. Und tatsächlich kann er sich, ohne hochzublicken, orientieren.

Er weiß genau, wann er die Zone verlässt, wo die Leute gebügelte Leinensackerl herumtragen, in denen sich der Einkauf vom Viktualienmarkt mit einer Vintage-Bluse paart.

Dass er jetzt ins Tal kommt, wo es gemischt zugeht, weil hier auch die Touristen mit den Tüten von globalen Shops aus der Fußgängerzone herumlaufen. Die gehen in den *McDonald's* oder in den *Pizza Hut* oder, wenn sie ein bisschen mehr Geld in der Tasche haben, in ein Steakhouse.

Hinter dem *Hofbräuhaus* kommen ihm die Gucci-Tüten entgegengeschlendert, Frauen balancieren auf hohen Absätzen, weil man sich der Gleichmacherei irgendwo entgegenstemmen muss, und das geht nirgendwo so gut wie in der Maximilianstraße, dort, wo Pelz und Loden noch Auslauf haben.

Aber wie er hinter der Oper in Richtung Hofgarten und Staatskanzlei geht, spürt der Smokey, dass er in eine Sackgasse gelaufen ist. Dass der Weg, den er gewählt hat, nach Schwabing, zum alten *Diamond*, dass dieser Weg ihn nicht weiterführt. Dass er zurückmuss, dorthin, wo alles angefangen hat. Dorthin, wo er dem Schani ganz nah ist, wo sie wieder Buben sind, alle drei, der Schani, der Hias und er, der Sepp. Dass er umkehren muss, denn je weiter er läuft, desto mehr entfernt er sich vom Ziel.

Die Erkenntnis saust auf ihn mit aller Macht herab, er hält sich fest an einem Laternenpfahl, beugt sich tiefer, schnauft auf seine Zehenspitzen und hört den Bechterew triumphierend lachen.

Weil, der hat es ihm gleich gesagt.

12

Sie schauen auf das Spielfeld hinunter, wie sie immer auf das Spielfeld schauen, wenn gespielt wird. In einer Spielzeit mit dem Corona gibt es nicht mehr viel zu sehen, aber heute spielt Türkgücü München wieder zu Hause. Der Trainer heißt Schmidt, und auf dem Platz stehen Engl, Sorge, Kirsch und Holz. Der Moni und der Smokey sitzen in ihrer Kurve und tragen ihre Sechzgerschals, weil mit einer anderen Kluft braucht man sich nicht in dieses Stadion trauen.

»Weißt du noch –«, fängt der Smokey an, aber der Moni schüttelt nur den Kopf.

»Ich sperr das *Eck* zu«, sagt er. Er fährt sich mit der zittrigen Hand durch die Haare. »Aber sag es nicht der Aymée.«

Der Vollath hechtet in die linke Ecke und hält, der Smokey nickt, und der Moni reißt die Arme nach oben, weil La Ola machen die Knie nicht mehr mit.

»Rentiert sich schon lang nicht mehr.«

Er hätte es dem Smokey nicht erklären müssen, weil wenn eine Kneipe immer nur drei Biertrinker hat, dann musst du sie zusperren, es sei denn du bist die Mafia.

»Und dann?«, fragt der Smokey.

»Mei.«

»Hol dir halt wieder einen Hund.«

Der Smokey denkt an all die Schäferhunde von der Familie Hinterkammer. Im Eingang vom Getränkehandel hat immer einer gelegen, mal hat er Franzl geheißen und mal Bibi, später haben sie den Flunki gehabt und einen Rudi, nach dem Rudi Völler. Der Moni ist mit den Hunden groß geworden, er ist früh am Morgen an die Isar mit ihnen und am Abend wieder.

Aber der zieht die Mundwinkel nach unten. »Vielleicht geh ich nach Thailand.«

Der Smokey mit seinem Sechzgerschal schaut hinunter auf einen Rasen mit Fußbodenheizung und sieht einen Deutschen und einen Kroaten für den Münchner Verein mit türkischem Namen stürmen. Er hat geglaubt, dass er schon alles durchhat, er lebt mit einem Russen und schläft mit seinen Toten, seine Frau dagegen mit dem Klausi. Er raucht Cannabis und hält der Lizzy ihre Hand, damit sie glaubt, er ist der Bubi. Er kann die Welle surfen, egal, welcher Wind sie ihm vor den Bug spült, das weiß der Smokey.

Aber dass der Schani tot ist und der Moni nach Thailand gehen will, das tut ihm weh.

»Mich hält hier nichts«, sagt der Moni und dreht das Messer in der Brust vom Smokey noch einmal herum.

Nach dem Spiel will der Smokey gehen, wohin sie immer gehen, nämlich zum besten Döner, aber der Moni zieht ihn am Arm in die andere Richtung, hinunter zur Isar.

Direkt am Mittleren Ring, dort, wo die Leitplanken

und Schallschutzwände waldifarben gestrichen sind, gelb-grün-blau, ragen noch blinde Wohntürme empor, ein Plakat verspricht den zukünftigen Bewohnern eine idyllische Zeit an den Isarauen, aber in Wahrheit werden sie einmal die Fenster nicht öffnen wollen, weil die Candidstraße sechsspurig um die Häuser pulsiert.

Dem Smokey kann es gleich sein, der läuft lieber die ausgetretenen Ochsenbluttreppen in seinen vierten Stock und schaut über die Dächer bis ins Blaue Land. Selbst wenn er vom ersten Stock bloß in seinen Hinterhof schauen würde, wär es ihm allemal lieber, als seine Pension für eine vorgegaukelte Investorenidylle auszugeben. Trotzdem erinnert ihn das Plakat an die Prokura und an die Broschüre, an den Schani, wie er aus dem schwarzen Trauerrahmen schaut und an den zerdepperten Sportwagen vom Pollner.

Der Moni merkt nichts davon, der besorgt zwei Helle.

Es ist ein warmer Abend, der Alpenföhn streichelt ihnen die Falten glatt, die tiefe Sonne zaubert Gold über ihre grauen Haare. In Schwaden zieht der Grillgeruch von den Kiesbänken in die Straßen, sie laufen nebeneinander, Schulter an Schulter, die Haare vom Moni wehen über seinen blau-weißen Schal, während der Smokey versucht, im Gleichschritt neben ihm zu gehen. Mit jedem Schritt verliert er ein Jahr, und wie sie am Isarufer ankommen und noch ein Stück in Richtung Flaucher gehen, an den Hunden und Grills und Flaschen, an Müll und fröhlichen Menschen, Joggern und Radlern vorbei, ist er wieder siebzehn.

»Hier«, sagt der Moni, legt die beiden Bierflaschen ins Wasser, zieht den Schal herunter, knöpft seine Jeans auf, und noch während der Smokey damit beschäftigt ist, sich zu wundern, ist der Moni nackt. Sein Körper ist eine einzige Ausstellung, bunte Blumen, Herzen, schöne Frauen und Schiffe, Efeu wuchert ein Bein empor, die Eisenbahn dampft über die Brust, und ein Orca schwimmt vom Unterarm zur Ellenbogenbeuge. Ein Mann, ein Bild, so schön, dass der gewaltige Bauch darunter schrumpft.

»Jetzt komm«, sagt der Moni, lacht, dreht sich um und rennt über die weißen Steine ins Wasser. Er rutscht aus, schlingert, schmeißt sich nach vorne und lässt sich in die Isar fallen. Kurz taucht er unter, kommt wieder hoch, ruft, die Haare wirft er nach hinten und die Arme nach oben, und da sieht der Smokey ihn wieder, den Hias Hinterkammer, den wilden Hund.

Scheiß drauf, denkt sich der Smokey und setzt sich hin, damit er an seine Schuhe herankommt, scheiß auf den Russen, reißt er sich die Socken herunter, scheiß auf Thailand und Corona, kommt er wieder hoch, herunter mit der Hose und herunter mit dem T-Shirt, scheiß auf das Alter und den Tegernsee, endlich ist er nackt und eiert auf den großen Kieseln zum Moni, scheiß auf die Prokura und die nächtlichen Geister, scheiß einfach der Hund drauf.

Und dann reißt ihm die Isar die Beine weg, er rutscht aus, die Kälte nimmt ihm den Atem, er findet keinen Halt, gleitet im kalten Strom davon, die Isar, die wilde Braut nimmt ihn mit sich fort, den Kopf unter Wasser. Und sein Herz setzt aus.

Für einen Moment nur, vor Schreck, dann schlägt es weiter, der Smokey kommt hoch, holt Luft und spürt die starke Hand vom Moni, der nach ihm greift.

Der Smokey fasst die Hand von seinem Freund, sie lassen sich ein wenig treiben, zwei faltige Faune im Fluss.

13

Weil der Smokey nicht mehr lange schlafen kann und obendrein das Herumdrehen im Bett nicht angenehm ist, bestraft er sich am Morgen mit virtueller Fitness. Früher hat er Vereinssport gemacht, Skigymnastik, Seniorenfußball und »Fit für den Alltag«, aber jetzt hat er den Überblick verloren, wann hat der Verein auf, wann hat er zu, deshalb turnt er am Morgen mit YouTube. Lange Jahre hat er das für Schmarrn gehalten, auch einen Heimtrainer hat er nicht gewollt, aber er hat sich besser damit angefreundet als gedacht. Er übt auf dem Balkon und schaut dabei auf die Stadt, der Smog vom Verkehr auf dem Ring und der Tegernseer Landstraße ist dann noch nicht zu ihm hochgezogen, er meint sogar, dass er die Ringeltauben vom Ostfriedhof hören kann.

Der Henning aus dem Fitnessvideo hat eine angenehme Stimme, und weil der Smokey immer die gleichen Videos schaut, kann er alles mitsprechen. Es ist eine kleine Zwangsneurose, die sich beim Smokey bemerkbar macht, so wie er seinen Schreibtisch beim Mord immer streng aufgeräumt hat und jeden Abend so hinterlassen, dass ihn am Morgen die gleiche Ordnung anschaut, so macht er auch seinen Sport. Er schaut immer dieselben sechs Videos, eines für den Montag, den Dienstag und so die Woche durch, am Sonntag macht er eine Pause. Die Verlässlichkeit hat er beim Sportverein nicht, wo der Trainer immer andere Übungen macht. Es gefällt dem Smokey, dass er Kontrolle über seine Übungen und seinen Körper hat. Und dass es sich lohnt, den Kampf mit dem Russen aufzunehmen, jeden Tag.

Der Henning ist der persönliche Feind vom Bechterew.

Anstelle eines Immobilienspaziergangs durch die Stadt hat sich der Smokey in der Nacht im Internet auf die Spuren vom Schani begeben. Und alles ausgedruckt, was er über die Firmen und die Liegenschaften finden konnte. Zeitungsartikel, die sich mit der Prokura beschäftigen, wie sie den Mietern saubere Modernisierungen ankündigt und sie dann wochenlang ohne Wasser und Heizung sitzenlässt. Aber auch Jubelartikel im Wirtschaftsteil, wie der Schani und der Pollner auf dem Gelände an der Balanstraße stehen und dort für das Silicon Valley einen neuen Tech-Standort hinstellen. Big global players!

Vieles über die aufgebrachten Giesinger Bürger, die wollen, dass der Bürgermeister den Schani für den Abbruch des Häusls von der Lizzy zur Rechenschaft zieht.

Und Artikel über die Wohnbedingungen der Bulgaren draußen am Nordrand der Stadt.

Am Ende der Nacht steht für den Smokey fest, dass der Schani mehr Feinde gehabt hat als Haare auf dem Kopf.

Der Wolf vom Mord hat keine leichte Ermittlung, bei wenig Spuren und vielen Verdächtigen. Aus Erfahrung weiß der Smokey, wie schwer gerade die unspektakulären

Mordfälle sein können. Platzwunde am Kopf, und keiner hat etwas gesehen. So einen Täter findest du nie.

Der Schani kann ausgerutscht und blöd gestürzt sein, wer geht schon mit Cowboystiefeln auf eine Baustelle inklusive Grube.

Vielleicht hat er einen Streit gehabt, einer hat ihn geschubst.

Oder jemand hat ihm im Streit einen Stein an den Kopf gehauen.

Weiß man's?

Keine Zeugen, wenig Spuren, um den Fall beneidet der Smokey den Wolf nicht.

Auch er wird es nicht herausfinden, was in der Nacht in der Gietlstraße passiert ist, aber darum geht's ihm schon lange nicht mehr.

Der Smokey will wissen, wie er fünfzig Jahre einen Freund haben kann, den er so wenig kennt.

Der Kaffee im Büro vom Luki Samel schmeckt, wie er schon vor zwanzig Jahren geschmeckt hat, was wahrscheinlich an der Kaffeemaschine liegt, die noch immer dieselbe ist. Auch das Büro sieht genau gleich aus, die ockerfarbenen Vorhänge am großen Fenster, von dem aus der Luki in den Hof gucken kann. Er sieht seine Leute, wie sie die Gerüste in der Lagerhalle stapeln oder wie sie die Anhänger ausräumen und Bretter, Metallstangen, Muffen und Verbindungsstücke sorgfältig ordnen und verstauen.

Im Büro hängt kein Bild vom Schani, stellt der Smokey erleichtert fest. Dafür sein gerahmter Meisterbrief. Fotos von Baustellen, von seiner Truppe, Auszeichnungen und Zeitungsartikel.

In dieser Firma ist der Schani noch der Schani, überall ist er präsent. Nicht nur auf dem Stuhl, auf dem der Luki sitzt und auf dem früher der Schani gesessen ist, als er den Betrieb von seinem Chef übernommen hat. Auch auf dem Hof, im Lager, in den Gesichtern von den Jungs, die seine Gerüste aufbauen.

So hat der Schani auch ausgesehen, als er hier angefangen hat, mit sechzehn. Und der Hias und der Sepp sind gerne hierhergekommen, den Schani von der Arbeit abholen. Im Eck vom Hof haben sie geraucht und mit den Älteren zusammengestanden, manchmal haben sie mit angepackt und sich eine Mark dazuverdient. Der Sepp hat einmal einen Ferienjob in der Firma gemacht, der Schani war im zweiten Lehrjahr. Nach den vier Wochen im Lager hat der Sepp allergrößte Hochachtung vor seinem Freund gehabt, weil die Arbeit war körperlich schwer, aber auch anspruchsvoll wegen den Sicherheitsbestimmungen und alles. Er war froh, wie er seine Lohntüte bekommen hat und nach den Ferien wieder in der Schule hocken konnte. Respekt, hat er da nur gedacht.

»Insolvenz«, sagt der Luki und zieht die Luft scharf ein. Dann holt er eine Zigarette aus der Packung, inhaliert, und während er den ersten Rauch aus der Nase schnaubt, schaut er auf den Hof.

»Insolvenz.« Der Smokey folgt dem Blick vom Luki, den er jetzt auch schon zwanzig Jahre kennt. »Und was passiert jetzt?«

»Mei.« Der Luki nimmt einen weiteren Zug, und dann klopft er auf eine Mappe, die neben ihm auf dem Schreibtisch liegt. »Aufträge haben wir genug. Der Chef hat schon geschaut, dass die Bücher immer voll sind. Aber mei. Das Kapital ist halt weg.«

Der Schani hat alles an die Wand gefahren. Er hat seine guten Geschäfte ruiniert, weil er sich verspekuliert hat, das hat der Pollner dem Smokey in seinem letzten Telefonat gesteckt, bevor es ihn aus der Kurve getragen hat. Solide, gut gehende Firmen hat der Schani in die Insolvenz geritten. Weil er sein Geld anderweitig investiert hat, in die Balanstraße und in den Briefkasten auf den Caymans. Er hat das reale Geschäft, mit Lastern auf dem Hof und Männern, die eine gescheite Arbeit machen, vollen Auftragsbüchern und einer Kaffeemaschine, die auch nach zwanzig Jahren braune Brühe ausspuckt, hingehängt, damit sein Geld am Staat vorbei für ihn arbeitet.

Think big, global player, highest profit.

Jetzt geht alles in die Zwangsversteigerung.

»Wir müssen uns keine Sorgen machen«, redet der Luki weiter, er ist ganz ruhig, einer, der die Nerven nicht verliert, weil er in einem Betrieb unterwegs ist, den er in- und auswendig kennt. Der hat eine Baustelle, und dann rechnet er und weiß, wie viel Leute er mit wie viel Material wohin schickt. Was es kostet, und wie lange es dauert.

Der braucht keinen Milchglasempfangstresen und keine Skulptur, kein Lichtkonzept und kein Make-up.

»Ich denk, der Schnetzinger wird's übernehmen.«

Der Schnetzinger ist der Konkurrent vom Schani seinem Gerüstbauimperium, eine Firma, die genauso groß und alt und echt ist, und der Schnetzinger und der Schanninger haben sich immer gut leiden können, weil sie aus einem Holz geschnitzt sind.

»Es geht weiter«, spendet der Smokey Trost, den der Luki gar nicht braucht.

»So schaut's aus.«

Der Smokey öffnet den Plastikbehälter mit der einen Portion Kondensmilch, die immer etwas zu wenig ist für einen Kaffee wie diesen, aber zwei Portionen sind zu viel. Und da schau her, hier ist er auch noch, der Würfelzucker, aber nicht einzeln eingepackt, sondern in der Großpackung.

»Was glaubst jetzt du, was passiert ist?«, fragt der Luki ihn, drückt die Zigarette im vollen Aschenbecher aus und reißt das Fenster auf.

»Ich weiß es nicht«, sagt der Smokey ganz ehrlich. »Freunde hat er nicht viele gehabt. Aber direkt Feinde? Ich weiß nicht.«

Der Luki schaut seinen Leuten zu, dabei schüttelt er den Kopf. »Du bringst doch keinen um wegen einem Geschäft«, sagt er und spricht eine Wahrheit aus, als wäre er derjenige, der Jahrzehnte beim Mord gearbeitet hat. »Der Chef war ein Hund, aber der hat doch keinem schaden wollen. Nicht mit Absicht.«

Die Frau Wiese und die Bulgaren ziehen durch den Kopf vom Smokey, aber er sagt lieber nichts. Vielleicht hat der Luki auch recht. Der Schani hat vielen Menschen geschadet, aber hat er es auch gewollt? Mit Absicht? Oder hat er es halt hingenommen, weil er geglaubt hat, es geht nicht anders?

Die Antwort liegt jetzt drei Meter unterm Rasen vom Ostfriedhof.

Wie er danach die Landsberger Straße zum S-Bahnhof Donnersbergerbrücke läuft, hat er viel Zeit zum Nachdenken. Über das, was der Luki Samel gesagt hat. Dass zum Mord eine Emotion gehört. Und dass es vielleicht das ist, was ihn die ganze Zeit stört. Von wegen böser Vermieter und Insolvenz. Da fehlt etwas zum Tatmotiv.

Der Smokey geht immer schneller, je länger der Weg ist, aber nicht etwa, weil ihn die Erkenntnis beflügelt, sondern weil der Bechterew gehörig auf den Putz haut. Nach dem Sport mit dem Henning hat er eine Zeit lang Ruhe gegeben, aber jetzt führt er einen Kosakentanz auf, dass der Smokey lieber früher daheim ist als später.

Er läuft an der Landsberger Straße entlang, die früher eine lange Straße war, die aus der Stadt hinausgeführt hat. Man hat gemerkt: Es geht in die Peripherie. Autohäuser, Puffs, ein bisschen Schrott und Werkstätten. Jetzt glitzern hier die Bürotürme, die Makler versprechen zentrale Innenstadtlage, und sofort machen ein Biosupermarkt auf und Bäcker mit kleinem Mittagstisch und ein Sushi-To-Go.

Wenn der Smokey rüberschaut, über die Gleise von der S-Bahn, sind da auch keine Brachen mehr, alles ist zugebaut, die Häuser sehen drüben ganz genauso aus wie auf seiner Seite die Bürohäuser. Wie man heute halt so baut, wie eine Tafel Ritter Sport.

Jetzt ist es nicht einmal so, dass es dem Smokey nicht gefällt. Weil es viele Fenster gibt, manchmal eine Dachterrasse und einen hellen Innenhof. Der Smokey hat in den Siebzigern schon schlimmere Bausünden gesehen. Und eine nachgemachte Toskana-Villa wie der Protz vom Pollner, der sich gleich für einen Machiavelli-Fürsten gehalten hat, gefällt ihm gleich dreimal nicht. Aber was ihm auf einmal durch den Kopf geht, während er mit dem Russen die Straße hinaufbuckelt, ist die Frage, wie sich so ein Leben anfühlt, wenn du in einem dieser neuen Häuser wohnst, quadratisch und praktisch, und dann gehst du am Morgen hinüber zu deinem Büro, das genauso aussieht, quadratisch und praktisch, und am Abend gehst du wieder heim.

Von einer Tafel Schokolade in die andere Tafel Schokolade.

Kein Wunder, denkt er sich, dass die Leute alle mit dem Biken anfangen.

Aber dann geht er doch nicht sofort heim, sondern klingelt bei der Frau Wiese.

Damit sich der Magen nach ihrem Kaffee nicht gar so aufbäumt, stellt die Frau Wiese noch einen Windbeutel mit Sahne auf den Tisch, als hätte sie gleich gewusst, dass der Smokey mit guten Nachrichten kommt.

Obwohl er eigentlich nichts von der Sache versteht und auch gar nicht weiß, wie es mit den Wohnungen von der Prokura wird, die jetzt wegen der Insolvenz vom Schani von der Bank versteigert werden, sagt er der Frau Wiese etwas, was sie gleich versteht. Nämlich dass nichts so heiß gegessen wird, wie es gekocht wird.

Seit der Smokey auf die siebzig zumarschiert, merkt er an sich selbst, dass die ganzen Sprüche von seiner Mama wieder in sein Gedächtnis kommen, und was er früher nicht kapiert hat, hält er heute für einen super Erkenntnisbaukasten. Für jede Lebenslage kramt er sich einen Satz hervor, und es passt.

Kommt Zeit, kommt Rat.

Abwarten und Tee trinken.

Du sollst den Tag nicht vor dem Abend loben.

Wer andern eine Grube gräbt, fällt selber hinein.

Und so sagt er der Frau Wiese, es wird nichts so heiß gegessen, wie es gekocht wird. Davon lässt sie sich gleich beruhigen, weil mit dreiundneunzig, da kann sie es vielleicht aussitzen, bis es einen neuen Besitzer von ihrer Wohnung gibt. Dann schauen sie erst einmal, sie und der Smokey, was der Neue will, dann schreibt man notfalls einen Brief, legt Widerspruch ein, holt vielleicht einen Anwalt, und schon geht ein Jahr ins Land.

Wer weiß schon, was bis dahin mit der Frau Wiese ist.

Schauen wir mal, und dann sehen wir schon.

Auch ein Spruch, der immer recht hat.

Der Sahnewindbeutel und der Kaffee melden dem Smokey jetzt, dass es höchste Zeit ist, nach Hause zu gehen, der Bechterew tritt oben zur Bestätigung nach, und er verabschiedet sich.

In der Tür lächelt die Frau Wiese ihn an.

»Jetzt verraten Sie mir aber, lieber Herr Frey, warum Sie sich gar so gestritten haben.«

Weil es im Bauch und im Rücken rumpelt, hat der Smokey Mühe zu verstehen, was sie meint. Er streitet nicht, mit niemandem, er wird nur immer leiser und stiller, wenn es Streit gibt, und deshalb weiß er, dass sie ihn verwechseln muss. Aber dann erkennt er, dass sie nur den nächtlichen Streit in der Gietlstraße auf der Baugrube meinen kann, weil das ist der einzige Streit, von dem er mit ihr gesprochen hat.

»Sie meinen, mit dem Herrn Schanninger?«

»Ich hab gleich gewusst, die Stimmen kenn ich doch.«

»Haben Sie das auch der Polizei erzählt? Dass Sie meine Stimme erkannt haben?«

Die Frau Wiese zwinkert ihm zu. »Natürlich nicht.«

Der Smokey dreht sich nur um und stolpert die Treppe hinab, jetzt geht es ihm wirklich gar nicht gut.

DER SCHNITTER

2013

Die Augen von der Aymée strahlen, als sie das Geschenk vom Schani öffnet. Es ist nur ein Kuvert. Jedes Jahr schenkt der Schani ihr ein Kuvert, immer ist es ein wertvolles Geschenk. Das teuerste auf dem Gabentisch.

Der Hias schaut seine Tochter an und ist hin- und hergerissen, ob er sich freuen soll, weil sie sich freut, oder ob es ihn zwickt, weil der Schani schon wieder übertrieben die Spendierhosen anhat.

»Europa-Park«, sagt die Aymée und zeigt den Gutschein in die Runde. Zwei Tage mit Übernachtung, und eine Freundin darf sie auch mitnehmen.

Sie sitzen an der Kaffeetafel beim Hias und der Monique im Wohnzimmer. Nur die Alten, außer dem Schani sind noch die Lizzy, der Sepp und auch die Gabi eingeladen. Die Gabi darf eigentlich den Klausi mitbringen, aber sie hat immer eine Ausrede parat. Dem Sepp wäre es fast lieber, der Klausi wäre auch dabei, dann ist wenigstens klar, zu wem die Gabi gehört. So wie sie an der Kaffeetafel sitzen, sieht es aus, als wären sie noch ein Ehepaar.

Seit fünfzehn Jahren hocken sie so am Geburtstag von

der Aymée zusammen, früher noch mit dem Papa vom Hias und den Eltern vom Sepp, aber die sind mittlerweile alle gestorben.

Sie sind die Familie von der Aymée, auch wenn sie nicht verwandt sind.

In diesem Jahr geben sich alle große Mühe mit der Heiterkeit, aber es mag ihnen nicht gelingen gegen den Krebs anzulachen, der mit am Tisch sitzt.

Die Monique trägt ein buntes Tuch auf dem Kopf, kunstvoll gewickelt, so wie sie es oft getragen hat. Das Tuch strahlt in Rot und Orange und Grün, aber seit der Sepp weiß, dass unter dem Tuch keine Haarpracht mehr ist, macht es ihn traurig. Der Kopf von der Monique ist ganz klein, ihr Hals ist dünn, und es sieht aus, als könnte er das üppige Kopftuch kaum mehr halten, als könnte der Hals jeden Moment umknicken, wie bei einer Blume, deren Blüte zu groß geworden ist.

Im nächsten Jahr, am sechzehnten Geburtstag von der Aymée, wird die Monique nicht mehr dabei sein. Die Sonne von Giesing geht unter, in wenigen Wochen, höchstens ein paar Monaten, wird sie verschwunden sein und nie wieder aufgehen.

Der Hias entschließt sich zur Großzügigkeit, was das Schani-Kuvert angeht, der Monique und seiner Tochter zuliebe, er hält den Daumen hoch und sagt: »Super!«

Die Monique lächelt und streicht ihrem Mann über den Rücken. Der zuckt zusammen, als wenn ihn die Berührung schmerzt, und der Sepp denkt daran, wie es war, als er neben der Gabi im Bett gelegen ist, bevor sie gegangen ist. Immer wenn sie sich berührt haben, zufällig, dann hat es ihm wehgetan, weil er wusste, es ist vorbei. Er wusste, dass wenn er die Haut oder die Haare von der Gabi spürt, es das letzte Mal sein kann. Eine vorgezogene Erinnerung an den Verlust, der auf ihn zukommt.

Den gleichen Schmerz sieht er jetzt beim Hias im Gesicht.

Die Gabi sieht es auch, sie schaut den Sepp an, und sie wissen beide, sie denken dasselbe.

»Bis wann gilt das?«, fragt die Aymée, wedelt mit dem Gutschein, und ihre Augen zucken kurz zur Mama.

»Für immer.« Der Schani hat eine belegte Stimme, und er möchte auch zur Monique rübergucken, aber er reißt sich zusammen.

Fahren sie besser vor dem Tod zum Europa-Park oder nachher?

So oder so ist es verkehrt.

Die Aymée tippt in ihr Handy, sie muss ihre Freundinnen informieren oder vielleicht auch ihren Freund. Dass sie einen hat, macht den Hias seit Wochen verrückt, aber die Monique ist froh. Dass da jemand ist, der für die Aymée da ist, wenn es passiert.

Sie steht auf und geht in die Küche, die Gabi sofort hinterher.

Der Hias dreht sich um und schaut sich seine Gitarrensammlung an, er hat drei E-Gitarren und vier akustische und einen Bass.

Er holt eine akustische und setzt sich ans Fenster, klemmt sich die Marlboro zwischen die Zähne und spielt.

Er fängt an mit Johnny Cash, aber die Aymée muss nur einmal zu ihm hinüberschauen, dann wechselt er schnell zu Ed Sheeran.

»Komm, Mama, ich bring dich nach Hause«, sagt der

Schani zur Lizzy. Weil wenn der Hias mit den melancholischen Songs anfängt, dann haben sie hier drin bald eine Stimmung, wie wenn du bei Nebel über den Ostfriedhof läufst, schön und schaurig zugleich. Aber in diesem Jahr mag keiner eine Friedhofsstimmung haben, die lässt sich nicht schönsaufen, nicht jetzt, nicht mit einer Monique im Zimmer, die unter ihrem Turban keine Haare mehr hat.

Der Schani hält es eh nicht aus, wenn die Emotion ihm die Beine wegzieht, deshalb verschwindet er meistens vorher. Aber heute macht ihm die Lizzy einen Strich durch die Rechnung. Sie schiebt ihr Sektglas zur Aymée.

»Geh, sei so gut und bring der Oma noch ein Sekterl.«

Die Aymée lacht, nimmt das Glas und geht zu den Frauen in die Küche. Die leere Bierflasche von ihrem Papa nimmt sie auch gleich mit.

Der Sepp bleibt beim Kaffee.

Sie sitzen und hören dem Hias zu, wie er spielt und manche Zeile leise mitsingt. Der Schani starrt aus dem Fenster und der Sepp in seinen Kaffee, aber die Wahrheit, die sich vielleicht am Boden der Tasse verbirgt, will er nicht lesen. Seine Gedanken drehen sich seit Wochen darum, seit sie es ihm gesagt hat. Die Monique. Sie hat mit dem Brustkrebs gekämpft, und das Arschloch hat gewonnen.

»Geh, Hiasl, kannst du auch einen Reinhard Mey?«, fragt die Lizzy, und sofort schaltet der Hias um und spielt »Aber bitte mit Sahne«.

Die Lizzy lacht, weil der Hias sofort gewusst hat, dass sie gar nicht den Reinhard Mey, sondern den Udo Jürgens gemeint hat, dabei wünscht sie sich das Sahnelied auf jeder Feier, wo sie zusammensitzen. Der Hias lacht jetzt auch. Das Lachen ist echt, und es ist frei, der Sepp fühlt sich gleich ein paar Pfund leichter. Die Lizzy hat es geschafft und den Elefanten aus dem Fenster geworfen, und deshalb steht der Sepp auf, zieht die Lizzy hoch, und dann tanzen und singen sie zum Udo.

Die Gabi und die Monique kommen dazu, decken die Kaffeetafel ab und für den Abendtisch auf, die Monique macht ein paar beschwingte Schritte mit dem Schani.

Einen Schlager nach dem anderen haut der Hias ihnen jetzt um die Ohren, auch der Reinhard Mey ist dabei, weil die gute Stimmung muss unbedingt festgehalten werden, so mag es die Monique, die nicht aushalten kann, wenn die Deutschen um sie herumsitzen und sie mit ihren traurigen Gesichtern gleich noch kränker machen.

Sie nehmen die Laune mit an den Esstisch, und weil die Monique keinen Trübsinn über ihrem haitianischen Essen duldet, fühlt sich der Abend doch noch so an wie die Feste, die sie früher gefeiert haben.

Der Lizzy sackt vom schweren Essen und vom Rum das Kinn auf die Brust, sie schnarcht ein bisschen, das ist das Zeichen für die Aymée, sich zu verabschieden. Ihre richtige Geburtsfeier beginnt erst, sie zieht mit ihren Leuten um die Häuser, hinaus in die warme Nacht.

Es sind solche Abende, an denen sich der Sepp allein und alt vorkommt. Die Erinnerungen an Nächte wie diese sind ihm lebendiger vor Augen als unzählige Abende, die er mit der Gabi vor dem Fernseher verbracht hat. Es sind warme und farbige Erinnerungen, die er riechen, im Bauch und im Herzen fühlen kann.

Das Wembley-Tor fällt in einer heißen Julinacht, der

zehnjährige Sepp bricht weinend auf dem Teppich zusammen, als der Uwe Seeler vom Spielfeld schleicht. Da nimmt der Vater ihn an der Hand, und sie gehen hinaus in die Nacht, zu einer Zeit, wo er sonst im Bett liegen muss. Aber die Schmach und das Unglück heilt sein Vater mit einem nächtlichen Eis, einem Stracciatella von der Eisdiele *Verona*, das der Sepp noch heute auf der Zunge schmeckt.

Er hört auch die Geräusche der Tiere, als sie einmal mit dem Schani und dem Hias in der Nacht versuchen, in den Tierpark einzubrechen, das heisere Schreien und Fiepen, er hat sogar noch immer den scharfen Geruch von Exkrementen in der Nase.

Sein erster Rausch, sein erstes Mal, seine erste Leiche, Nächte mit der Gabi und Nächte im Einsatz. Quasi ein 3-D-Fotoalbum, in seinem Herzen eingeschlossen. Wie die Aymée sich jetzt von ihnen verschiedet und der Sepp den Glanz in ihren jungen Augen sieht, weil die Nacht ihr zu Füßen liegt, öffnet sich das Album, und die einzelnen Seiten fliegen heraus und flattern um ihn herum.

Die Gabi fährt auch, sie muss die Bahn an den Tegernsee erwischen, sie weiß nichts davon, wie lebendig sie in dem Moment dem Sepp vor Augen steht, und das ist auch besser so.

Der Hias stellt drei Schnapsgläser auf den Tisch.

»Jetzt zahl ich meine Miete also an dich.«

Der Schani stöhnt, und der Sepp schaut erst ihn an, dann den Hias und dann wieder den Schani.

»Ist doch wurscht, an wen du deine Miete zahlst«, sagt der Schani und hält seine Hand über das Glas.

»Ist es nicht.«

»Dein Problem.«

Das Glas vom Schani bleibt leer, das vom Sepp voll. Das vom Hias war voll, jetzt ist es leer.

»Hast es schon gehört?«, setzt sich der Hias neben den Sepp, zeigt mit dem Kinn auf den Schani und gießt sich nach.

»Ich geh, wenn du so anfängst«, sagt der Schani und steht auf.

Lieber würde der Sepp gehen, er mag nicht den Watschenmann geben, bloß weil die zwei nicht miteinander reden können.

»Den ganzen Block hat er gekauft«, sagt der Hias. »Und noch mehr.«

»Ja, jetzt spinn doch nicht«, sagt der Schani, »die Bank hat schon auch mitgeholfen.«

»Von was redet ihr jetzt eigentlich?«, fragt der Sepp und schaut seine Freunde an. Er ärgert sich, dass der Hias ein Problem auf den Tisch packt, ausgerechnet jetzt. Die Monique schaut unglücklich und steht auf, sie sagt, sie muss sich hinlegen.

»Da hast du's«, sagt der Schani, als sie aus dem Zimmer ist, »warum gibst du keine Ruh?«

Aber der Hias beachtet ihn nicht, er dreht sich zum Sepp und klärt ihn auf. »Achthundert Wohnungen hat er gekauft. Achthundert.«

Der Sepp guckt zum Schani, und der nickt.

»Weil es mein Job ist. Ich investiere in Immobilien. Das Land verkauft dreißigtausend Wohnungen aus eigenem Bestand, so günstig gehen die nie wieder her.«

»Aber«, fragt der Sepp saublöd, »wie?«

»Ich zahl das doch nicht aus der Portokasse!« Jetzt hockt

sich der Schani wieder her zu seinen Freunden, drückt einen Nikotinkaugummi aus dem Blister und erklärt ihnen die Finanzwelt.

»Ich bin Investor. Ich gebe etwas her, bekomme dafür Geld von der Bank und investiere in etwas Neues. Das ist mein Job. Und nicht meine private Investition. Verstehst?«

»Machst du das mit dem Pollner?«

Der Schani kneift die Augen zusammen und lehnt sich wieder zurück, die Sprechstunde ist vorbei. »Auch. Wir sind eine Immobilien-GmbH.«

Der Hias schnauft.

»Ich lasse mein Geld arbeiten«, sagt der Schani. »Das ist ganz legal.«

»Und was machst jetzt mit den Wohnungen? Krieg ich bald eine Mieterhöhung von dir?«

»Von mir aus brauchst du gar keine Miete zahlen«, sagt der Schani. »Wir sind Freunde.«

»Ich nehme keine Almosen«, sagt der Hias und verschränkt die Bärenarme vor der Brust. Er kippelt mit dem Stuhl nach hinten, möglichst weit vom Schani weg. »Auch nicht von einem Freund.«

Der Sepp steht auf, nimmt Geschirr mit und geht in die Küche. Er weiß, was kommt. Der Schani ist das eine Ende von der Fahnenstange und der Hias das andere, und er, der Sepp, steckt immer mittendrin. Seit er die beiden kennt, ist das so, und gestört hat es ihn nie. Er hat immer geglaubt, er ist der Vermittler, ohne ihn bricht die Freundschaft auseinander.

Aber heute mag er nicht mehr. Sollen sie streiten, er will nicht wieder zum Schluss die Schläge abbekommen.

Er hat Schmerzen, Rheuma, es wird schlimmer und schlimmer. Schmerzen beim Tag und Schmerzen in der Nacht, er wünscht sich um sich herum nur Harmonie. Der Sepp möchte grad in einem Wattebausch leben. Er hält das Sterben von der Monique nicht aus und dass seine besten Freunde streiten. Sie sind alles, was ihm bleibt.

In der Küche brennt das kleine Licht unter der Abzugshaube, er sieht erst auf den zweiten Blick, dass die Monique auf der Küchenbank sitzt. Sie klopft mit ihrer schönen Hand sacht neben sich, und der Sepp hockt sich zu ihr.

Sie sitzen in der halbdunklen Küche nebeneinander, und die Wärme von der Sonne Giesings strahlt von der Seite angenehm auf den Sepp ab. Sie teilen sich den heißen Kräutertee von der Monique, und die Streithammel im Wohnzimmer werden darüber immer leiser.

Die Monique nimmt seine Hand und streichelt sie sacht, er legt seine andere Hand noch dazu, und so sitzen sie und wärmen sich.

»Pass auf ihn auf«, sagt die Monique, ihre Stimme bricht entzwei wie die dünne Eisdecke auf einer Pfütze.

Der Sepp sagt lieber nichts, er weiß, es kommt kein Ton aus ihm heraus.

»Die Aymée schafft das. Sie ist eine starke Frau.« Ihre Stimme schlitzt dem Sepp kleine Kreuze ins Herz.

Er nickt.

»Und auf den Schani, auf den musst du auch achtgeben.«

Ja, was denn noch?, denkt der Sepp, der sich selbst schon eine Last ist. Er denkt an das Voodoo in Haiti. Die

Monique legt ihren Zauber über ihn, und egal, was er sagt, er kommt dem nicht mehr aus.

14

Weil es regnet, warten der Tahiil und der Smokey im *Eck*. Der Tahiil steht hinter der Theke, er hilft manchmal aus, wenn der Moni einmal wegmuss. Der Smokey fragt sich, wann der Tahiil schläft, weil der immer irgendwo aushilft, wenn er nicht bei seiner Arbeit in der Küche ist. Trotzdem wirkt der Tahiil immer wach, und meistens ist er gut gelaunt.

Sie reden über Sport. Der Smokey über Fußball und der Tahiil über Basketball. Macht nichts, sie verstehen sich trotzdem. Was der Verdienst vom Tahiil ist, weil der so tut, als ob er den Smokey mit seinem schlechten Englisch total gut versteht und überhaupt findet, dass der ein super Typ ist.

Vielleicht liegt's auch am Cannabis.

Der Smokey denkt sich nämlich, dass es für ihn leichter ist, mit dem Tahiil und seinen Verständigungsschwierigkeiten klarzukommen, wenn er ein bisschen relaxter ist. Und deshalb hat er die Balkonzigarette mitgebracht und mit dem Tahiil geteilt. Nicht zum ersten Mal. Es ist ihr Geheimnis.

Der Tahiil hat dem Smokey einmal ein Essen vorbeigebracht, als es dem so schlecht ging, dass er nicht aus seinen vier Wänden gekommen ist. In der Wohnung hat es noch nach der Cannabiszigarette gerochen, und der Tahiil hat gefragt: »You smoke?«

So viel Englisch kann sogar der Smokey, und er hat geantwortet: »Yes, it's good for my back.«

Oder vielleicht hat er auch »for my cross« gesagt. Jedenfalls hat der Tahiil sehr gelacht und geantwortet: »It's good for everything!«, und ehe sich der Smokey umgeschaut hat, hat er den Tahiil eingeladen, hat gefragt: »You want some smoke?«, und dann haben sie sich eine Zigarette geteilt.

Seitdem haben sie ein Geheimnis. Das schweißt zusammen.

Sie warten also recht entspannt im *Eck* auf die Aymée und den Moni. Die zur Testamentseröffnung eingeladen worden sind, aber niemand weiß, wieso.

Als der Moni und die Aymée zurückkommen, wissen sie, warum.

»Weil der Schani der Aymée eine Wohnung vererbt hat«, erklärt der Moni dem Smokey und dem Tahiil.

Der Smokey kann weder dem Moni noch der Aymée ansehen, dass sie sich freuen. Gut, einerseits ist die Testamentseröffnung ein trauriger Anlass. Andererseits ist eine geerbte Wohnung in München eine große Freude, da darf man schon einmal die Mundwinkel hochziehen. Der Tahiil schaut auch recht skeptisch, und die schöne Stimmung im *Eck* ist schlagartig dahin und ein eisiger Wind durch den Gastraum gezogen, wie die beiden Hinterkammers hereingekommen sind.

»Eine Wohnung«, staunt der Smokey. »Und was passt jetzt nicht?«

Die Aymée und der Moni schauen sich an. Die Aymée macht sich eine Apfelschorle und verzieht das Gesicht. Lächeln geht aber anders, denkt der Smokey.

»Alles super.«

Der Moni nickt in seinen Kaffee. »Passt schon.«

Jetzt lacht die Aymée aber doch. »Es ist halt ein Mieter drin.«

»Ja mei. Und?«

Die Aymée zuckt mit den Schultern und schaut ihren Papa an.

Der Smokey versteht schon, dass es eine Geschichte dahinter gibt, aber keiner der beiden mag sie erzählen. Also bohrt er halt, quasi FBI-Vernehmung.

»Du gehst eh weg. Drei Jahre und einen Tag«, sagt der Smokey. »In der Zeit bekommst du Miete, passt doch. Und wenn du zurückkommst, meldest du Eigenbedarf an.«

»Eher nicht.« Die Aymée und der Moni schauen sich schon wieder an.

»Ich bin der Mieter«, sagt der Moni.

Der Tahiil lacht und kriegt sich nicht mehr ein, haut dem Moni auf den Rücken und kichert und kann nicht mehr aufhören. Wenn der weiter so lacht, denkt der Smokey, dann zählt die Aymée eins und eins zusammen. Aber wahrscheinlich weiß sie es eh.

Die Aymée tippt sich an die Stirn, dann reißt sie die Tür vom *Eck* auf, Septemberregenluft dampft herein, Sonne und Regen verwandeln den Asphalt von der Tegernseer in ein diamantenes Band. Auf der Ray-Ban vom Moni spiegelt sich die Discokugel, und jetzt fehlt nur noch, dass der Moni heilig seine Hände hebt, damit er ausschaut wie eine Erscheinung.

Aber vielleicht liegt auch das nur am Cannabis.

»Tahiil, komm, wir hauen ab.«

Die Aymée küsst ihren Papa auf die Backe und streicht dem Smokey über den Arm.

»Magst du mal mitkommen?«, fragt sie ihn, mit einem Bein schon aus der Tür. »Zum Spielfeld. Ist super geworden.«

Der Tahiil, den Basketball unterm Arm nickt. »Great view!«

Der Smokey kann nicht nein sagen, aber er möchte auch wirklich gerne einmal mitkommen und das Spielfeld anschauen, das *Hallo München* auf einem Hausdach gebaut hat. Die Monique hat mitgeholfen, und so hat sie den Tahiil kennengelernt, der unten in der Küche das Essen für die Leute gekocht hat, die oben das Basketballfeld hingebaut haben.

»Warst du schon einmal da?«, fragt der Smokey den Moni, aber der schüttelt den Kopf.

»Der Papa doch nicht«, antwortet die Aymée für ihn. »Der geht entweder gleich in die Welt, oder er bleibt daheim in Giesing.«

»Ich komm schon noch«, brummt der Moni und klatscht den Tahiil mit einem High Five ab.

»Aber der Onkel Schani war da.«

Die Aymée kann nicht aufhören, den Moni zu triezen, das war schon immer so, dass der Moni der beste Papa, aber der Schani der beste Spendieronkel war.

Der Smokey fragt sich, welchen Platz er bei der Aymée besetzt, aber er weiß es eh.

Er ist das Sorgentelefon.

»Der Schani? Was interessiert der sich für Basketball?«, fragt er in den Rücken von der Aymée, und die dreht sich noch einmal zu ihm um, den Diamantenglanz von der Tegernseer im Rücken.

»Gar nicht interessiert der sich dafür. *Hat* der sich dafür interessiert«, verbessert sie sich. »Die haben was Geschäftliches besprochen. Er und der Nico.«

Dann sind sie weg, die Jungen, und die Alten hocken da.

Sie sitzen und schweigen, durch den Kopf vom Smokey flirren zu viele Gedanken, er muss ein paar herauskomplimentieren, weil er sonst ganz damisch wird davon. Also fragt er den Moni.

»Wieso hat der Schani überhaupt ein Testament gemacht? Der hat doch gar nicht gewusst, dass er stirbt.«

Der Moni zeigt mit dem Kopf nach draußen. Seine Haare sind frisch gewaschen, extra für den Notarbesuch, er sieht aus wie Jesus, wenn der ein Tattoo-Studio übernommen hätte.

Draußen redet es sich besser, da hat er recht, findet der Smokey, im *Eck* bleiben die Worte schwer zwischen ihnen hängen, wenn sie aber auf der Straße sitzen, dann reißt der Verkehr sie mit sich fort. Nach Erding zum Beispiel, zum Flughafen.

Wie ihm der Gedanke kommt, findet sich der Smokey selbst ein bisschen deppert, aber wahrscheinlich liegt's am Cannabis, dass ihm in der letzten Zeit häufiger solche Bilder einfallen.

Er gehört noch zur Generation der Riem-Flieger. Vom neuen Flughafen ist er höchstens fünf-, sechsmal geflogen, und obwohl er den Franz Josef Strauß nie hat ausstehen können, gefällt ihm der Flughafen. Wie alles ausgeschildert ist und die Glasdächer, die Farben erinnern ihn an die Zeit, als München eine Weltstadt wurde, erinnern ihn an Olympia und an das, was daran schön war. Luft und Licht, Glas und Eleganz, wie die Architekten die Form der Berge in die Stadt geholt haben, das Grün von Almwiesen, das Blau der bayerischen Seen und das Gelb der Sonne.

Der Flughafen Riem ist ein Nazibau, da hat einer drei Würfel geschissen und vor der Stadt abgelegt. Luftwaffenmoderne, genau wie der Fliegerhorst Fürstenfeldbruck, und schon sind die schönen Bilder, die der Smokey gerade noch im Kopf hatte, mit Blut besprenkelt.

Während der Smokey seinen spinnerten Gedanken gefolgt ist, hat der Moni schon wieder einen Schanigarten aus dem *Eck* gemacht, drei Tische herausgestellt mit Stühlen und Aschenbechern. Sie setzen sich, und dann setzen sich gleich noch zwei junge Männer an einen der anderen Tische.

Der Moni steht wieder auf, und weil die Krischperl nach Kuchen fragen, fragt er zurück, ob er vielleicht ausschaut, wie einer, bei dem es Kuchen gibt? Nein? Aber eine Brezen können sie haben.

Er geht hinein, und der Smokey denkt, dass die Tegernseer Landstraße ohne den Moni und sein *Eck* nicht mehr dieselbe ist. Das hat er schon gedacht, als die Monique gestorben ist, aber der Moni hat das *Eck* hinübergerettet.

Und jetzt will er nach Thailand gehen?

Noch so eine Frage, die durch seinen Schädel flitzt, aber die muss sich hintanstellen.

»Der Schani hat das Testament schon lang gemacht«, antwortet der Moni, als er endlich wieder da ist. Er kratzt sich an der Lotusblüte hinterm Ohr. »Direkt nach dem Tod von der Monique hat er es gemacht.«

Der Smokey hört sofort die Stimme von der schönen Maria Buco, wie sie sagt, dass der Schani kein schlechter Mensch war.

»Er hat dir nichts davon gesagt?«

Der Moni zieht an seiner Zigarette, dass sie gleich zur Hälfte Asche ist, und sagt nichts, was genauso viel heißt wie nein.

Jetzt versteht der Smokey auch die Laune nach der Testamentseröffnung. Er erinnert sich genauso wie der Moni an den Streit, den die beiden gehabt haben, als herausgekommen ist, dass der Schani den Block gekauft hat und noch mehr. Wie garstig der Moni war, als er erfahren hat, dass sein bester Freund sein Vermieter ist und er das Angebot vom Schani, keine Miete zahlen zu müssen, rundheraus ausgeschlagen hat.

Aus Stolz.

Und jetzt hat der Schani den Moni für seine Vorwürfe und seinen Hochmut aus dem Grab heraus beschämt.

15

Der Wolf und der Smokey bleiben draußen vor der Trauerhalle stehen, sie beobachten die Menschen, die vom Pollner Abschied nehmen wollen. Auf dem Weg von der Bushaltestelle, wo er ausgestiegen ist, bis zur alten Aussegnungshalle sieht der Smokey die Menschen gehen. Große Limousinen suchen rund um den Eingang nach Parkplätzen, es ist fast wie bei einem Prominenten. Dabei hat der Smokey den Pollner nie in anderer Gesellschaft als von dem Schani gesehen, er hat geglaubt, dass er ein einsames Würstel war.

»Schmarrn«, sagt der Wolf. »Der Pollner war nur der ungeliebte Sohn. Das schwarze Schaf der Familie. Aber er war ein Pollner, und die halten zusammen.«

An ihnen vorbei ziehen einige Gesichter, die der Smokey schon gesehen hat. Die meisten kennt er aus dem Fernsehen. Schauspieler, Models, Regisseure und Journalisten. Sogar welche, mit denen hat er schon beruflich zu tun gehabt, auch bei den Großkopferten sind Kandidaten dabei, die durch ihre Lebensweise in den Dunstkreis von Verbrechern geraten.

Mehr, als man meint.

Die Leute, die den Weg zur Trauerhalle heraufkommen, weichen zur Seite aus und machen Platz für eine alte Dame, vielleicht ist sie so alt wie die Lizzy, hat sich aber besser gehalten. Geld hilft beim Konservieren. Sie wird von einem Mann begleitet, der heruntergerissen aussieht wie der Pollner.

Die Dame hat weiße Haare, trägt einen Pelzmantel, und an der Art, wie die Leute ehrfürchtig zur Seite gehen, erkennt der Smokey, dass fast alle, die hier auf dem Friedhof sind, ihretwegen gekommen sind. Und nicht, um Abschied vom Pollner zu nehmen. Sondern um seiner Mama zu zeigen, dass sie an ihrer Seite stehen. Oder sich einfach nur bemerkbar machen möchten, es sind schließlich auch Fotografen und sogar ein TV-Sender mit Kamerateam auf dem Friedhof.

Der Mann ist der Bruder vom Pollner. Der Quirin Pollner, der Pollner-Zwilling Das sagt ihm der Wolf, und der Smokey fragt sich, warum er so eine lange Leitung hat. Er hat den Pollner, den toten Clemens Pollner, niemals mit der Pollner-Familie zusammengedacht.

Die Medien-Pollners. Verlage, Fernsehen, Websites. Die halbe Medienlandschaft gehört ihnen, und niemals hat der Schani auch nur ein Wort darüber verloren, dass der Spezl an seiner Seite einer von den Wichtigen ist. Das war immer nur der reiche Erbe vom Starnberger See.

Wenn er den Quirin Pollner anschaut, dann sieht der Smokey in ihm das traurige Scheitern seines Bruders. Der Pollner, den er kennt, war ein Adabei, einer, der im *Diamond* die Puppen hat tanzen lassen, und alle haben mitgemacht, aber nicht weil der Clemens Pollner so ein netter Mensch war, sondern wegen seinem Geld.

Der Quirin Pollner lässt niemanden tanzen. Der führt seit vierzig Jahren ehrgeizig die Geschäfte seiner Mutter und verdient das Geld, das der Clemens Pollner zum Fenster herausgehauen hat.

Aber am Ende ist Blut doch dicker als Wasser. Jetzt sind sie alle bei der Beerdigung, auch die, die den Pollner zeitlebens nicht gekannt haben oder mit ihm nichts zu tun haben wollten, die ihn fallengelassen haben, als er nicht nur erfolglos, sondern auch noch insolvent war.

Einen größeren Gegensatz als die Beerdigung vom Schani und der vom Pollner kann es nicht geben, und doch denkt sich der Smokey, wenn man aus den vielen Trauergästen hier auf dem Waldfriedhof die aussortiert, die echte Freunde gewesen sind, dann bleiben genauso viele wie beim Schani.

Höchstens zwei.

Eine Frau winkt ihm zu, und als sie näher kommt, erkennt der Smokey, dass es die Maria Buco unter der Maske ist. Er braucht sie dem Wolf nicht vorstellen, der hat sie schon einmal vernommen. Die Maria Buco ist wahrscheinlich eine von den zwei Personen, denen der tote Pollner leidtut, sie hat feuchte Augen, in ihren schönen Wimpern glitzern Tränen.

»Es tut mir so leid«, sagt sie zum Smokey.

»Mir tut es auch leid«, gibt er zurück. »Aber ich bin ihm eigentlich nicht nahegestanden.« Er will nicht lügen, den Pollner wird er nicht vermissen. Aber wie der sich zu Tode gefahren hat, das verdient sein Mitleid.

»Das sind die wenigsten hier«, sagt die Maria Buco und schaut sich um. »Der Herr Pollner hat nie viel Besuch gehabt.«

»Jetzt schon«, brummt der Wolf, und wenn es ein anderer Anlass gewesen wäre, hätten sie vielleicht gelacht.

Der Smokey kann von seiner Position sehr schön beobachten, wer alles vom Hauptweg herauf zur Trauerhalle flaniert. Dazu muss er nur den Kopf ein wenig drehen, sonst schaut er mehr auf den Boden, denn der Bechterew hat es sich auf seinem Kreuz schon wieder recht bequem gemacht, der fläzt sich, als wenn der Rücken eine Chaiselongue wäre. Der Russe sieht, dass er eine Handbreit in die Tür bekommt, die der Smokey heute nicht zur üblichen Zeit mit Gras und einem Schläfchen zuschlagen kann. So ist der Bechterew, der nimmt sich jeden Zentimeter, den er kriegen kann.

Die Charlotte von Dietz kondoliert jetzt der Pollner-Mutter, und sofort weichen die Umstehenden noch ein Stück mehr zurück, weil die von Dietz, die Erbin der Brauereidynastie, kommt in ihrer Bedeutung sofort nach den Pollners. Die hat auch eine Familiengrabstätte auf dem Waldfriedhof und nicht die kleinste. Die braucht sich nicht mehr zu fragen, was aus ihr wird, wenn sie mal nicht mehr ist, weil das Ende war schon vor ihrer Geburt in Sandstein gemeißelt im Abschnitt 16A.

Der Smokey dagegen hat nach seinem Ableben alle Optionen offen. Ein Familiengrab gibt es nicht, die Mama und der Papa haben je ein Urnengrab für sich auf dem Ostfriedhof. Der Smokey würde am liebsten in die Isar hineingeschüttet werden, da hätte er eine schöne lange Reise vor sich, weil Isar, Iller, Lech und Inn, die fließen rechts zur Donau hin. Die Donau kommt vom Schwarzwald her und mündet in das Schwarze Meer. Das Schwarze Meer – für einen Toten kann das als Ziel nicht verkehrt sein, und wer weiß, wohin es dann die vielen Smokey-Partikel treibt.

Weiter, als er zu Lebzeiten gereist ist.

»Frauen-Wiesn«, sagt der Wolf leise und »Charity« und zeigt mit dem Kinn auf die Pollner und die von Dietz. Der Quirin Pollner hat sogar den Arm seiner Mama losgelassen und ist ehrfürchtig einen Schritt zurückgetreten.

Wenn der Smokey die Frauen anschaut und genau wie die anderen um ihn herum ihre Macht und Bedeutung schmecken kann, dann fällt ihm auf, dass die von Dietz ausschaut wie die Bavaria. Eine stattliche Frau, an der alles etwas größer ist als bei anderen. Man sieht ihr an, dass sie nicht einem kränklichen Adelsgeschlecht entstammt, sondern etwas Ländliches, Zupackendes und Gröberes an sich hat. Eine Brauereierbin ist sie und eben nicht Porzellandynastie. Oder, wie die Pollner, eine Grande Dame. Mit beiden mag man sich nicht anlegen, das sieht ein jeder, aber während die Pollner ihre Leute ausschickt, um Widersacher medial zu erlegen, wirkt die von Dietz, als würde sie das selbst mit einer saftigen Watschn tun.

Wie aufs Stichwort nähern sich noch die fehlenden Puzzleteile in Person vom Hermann Haslinger und vom Uwe Willenbrodt. Der Haslinger war lange Jahre im Wirtschaftsreferat der Stadt, er war der Franziskaner-Spezi vom Schani, und wenn der es besonders wichtig gehabt hat, hat er von seinem guten Draht ins Rathaus gesprochen. Der Haslinger schaut allerdings alles andere als nach einem Draht aus, er ist recht gwampert.

Neben ihm läuft der Willenbrodt von der Bavaria Bank, der geht schon fast auf allen vieren, so devot kommt er daher und scharwenzelt um die beiden Frauen herum.

Die tun, als würden sie die beiden Galgengesichter gar nicht bemerken, weshalb der Haslinger und der Willenbrodt zum Quirin Pollner ausweichen. Mit dem scheint es eine bessere Allianz zu geben, er lächelt freundlich und begrüßt die beiden mit Handschlag, bevor ihm einfällt, dass joviale Freundlichkeit gerade fehl am Platz ist. Schnell knipst er die Betroffenheit an und läuft hinter seiner Mama her, die Arm in Arm mit der von Dietz in die Aussegnungshalle geht.

Der Haslinger und der Willenbrodt kommen in Abstand nach, werden aber von der Familie in die hinteren Ränge abgedrängt. Der Haslinger schaut noch zum Smokey und zum Wolf, lupft den Hut, habe die Ehre, und dann beeilt er sich, dass er schnell noch einen Sitzplatz in der Halle bekommt.

Vorne steht der aufgebahrte Sarg.

Der Pollner hat exakt den Sarg bekommen, den der Schani wahrscheinlich auch für sich ausgesucht hätte, ein weiß lackierter Kasten mit goldenen Rändern, Griffen und Scharnieren. Begraben unter üppigen Kränzen, Blumenbouquets und Schärpen mit letzten Sprüchen für den Toten.

Der Smokey denkt an den kleinen Blumenladen bei ihm ums Eck. Das, was hier als Blumenschmuck in der Trauerhalle zu sehen ist, entspricht wahrscheinlich dem Jahresumsatz der netten Floristin, die ihren Laden ganz allein macht und immer hübsche Holzkisten mit Tulpen und Frühlingszwiebeln oder grünen Zweigen und kleinem Schnickschnack herausstellt. Manchmal kauft er bei ihr ein Töpfchen für seinen Balkon, nicht weil er einen grünen Daumen hat oder Blumenschmuck um sich herum braucht, sondern weil die junge Frau eine so große Liebe zu ihrem Beruf hat und er mit dem Töpfchen etwas von ihrer Hingabe in seine Wohnung rettet.

Alle Plätze in der Trauerhalle sind jetzt besetzt, wegen dem Corona weniger als üblich, sonst wären dreimal so viele Menschen hier. Dort, wo der Wolf und der Smokey vor dem Eingang stehen, haben sich ebenfalls einige versammelt. Ein Streichquartett beginnt, Bach zu spielen, und der Smokey, kein Kenner von klassischer Musik, staunt, wie schön sich die Töne in die pompöse Halle fügen, wie sie um den weißen Sarg herumtanzen, der sich in seiner lackierten Protzerei auf das Schönste verbindet mit den Lilien und Chrysanthemen und Gerbera, die anderen Blumen kennt der Smokey nicht mit Namen.

Der Bach macht alles leicht, die steinerne Halle und die düstere Stimmung, die Lodenjanker und die schwarzen Kleider. Er lupft den Tod ein bisserl an, sodass alles um den Sarg herum schwebt, und der Smokey stellt sich vor, wie der Clemens Pollner darin in den weißen Polyesterrüschen liegt, seufzt und sagt, alles klar, jetzt hau ich ab.

Nach dem ersten Musikstück tritt der Quirin Pollner an ein Stehpult und beginnt, über seinen Bruder zu sprechen. Es hört sich an, als ob er in seiner Funktion als Aufsichtsrat über den Jahresbericht referiert, mit einer Stimme, die kein Unten und kein Oben kennt, reiht der Bruder die Lebensdaten vom Clemens Pollner aneinander, ohne Gefühl, ohne dass man heraushört: Er, der Quirin, war auch dabei. Wenn er die Firmen nennt, die der Pollner aus dem Boden gestampft hat oder wo er investiert hat, dann fehlen eigentlich nur die Umsatzzahlen.

Die Frau Mama sitzt vorne in der Mitte und schaut ihren Sohn an. Den redenden, nicht den toten.

Je länger der Smokey sich das anhört und vor allem anschaut, desto mehr hat er den Eindruck, dass der Quirin Pollner ein langes Gedicht aufsagt, das er geübt hat, und die Mama kontrolliert jedes Wort, weil wenn der Quirin einen Fehler macht, dann kommt nicht das Christkind, sondern der Krampus.

Dem Bechterew behagt das lange Stehen nicht, der Smokey gibt dem Wolf ein Zeichen, und dann löst er sich aus der Gruppe und geht ein paar Schritte über den schönen Teil des alten Waldfriedhofs.

Die Pollners haben eine Grabkapelle, gleich in der Nähe von der Trauerhalle. Zwei Friedhofsangestellte stehen da und rauchen, und wie sie den Smokey sehen, verstecken sie rasch ihre Zigaretten, aber der Smokey lächelt nur und schüttelt leicht den Kopf, er ist ja nicht die Friedhofspolizei, da nicken sie zurück und rauchen erleichtert weiter.

Aber die Grabkapelle interessiert den Smokey weniger, wie ihn auch die Familie Pollner nicht interessiert, er genießt mehr die Anlage vom alten Waldfriedhof, die Ruhe, die über den Gräbern zwischen den Bäumen liegt. Die Vögel singen, und sie können den Schwebewettkampf durchaus mit dem Johann Sebastian Bach aufnehmen, findet der Smokey, der sich eine Bank sucht, auf der er sitzen kann. Daheim hat er sich einen Lageplan vom Friedhof ausgedruckt, den fummelt er aus seiner Jackentasche. Heute trägt er nicht den Beerdigungsanzug, und zwar nicht, weil der so zwickt, sondern weil er kein Gast auf der Pollner-Beisetzung ist. Nur ein Zaungast.

Auf dem Lageplan ist jeder Abfalleimer eingezeichnet,

das beeindruckt den Smokey. Es gibt fast so viele Abfalleimer wie Gräber! Die hätten auf dem Plan gar nicht eingezeichnet werden müssen, weil man alle naslang über sie stolpert. Was ihn vielmehr interessiert hätte, ist, wo er die prominenten Gräber findet. In der Ecke, wo die Zirkusfamilie Krone liegt und gleich in der Nähe die Wedekinds und die Rodenstocks, ist er bereits vorbeigekommen, und wenn er zurückgeht zur Aussegnungshalle, kann er eine Runde über das Grab von der Lena Christ laufen, vielleicht vorbei an Junkers, Hugendubel und Heisenberg.

Der Waldfriedhof ist ein wunderbarer alter Friedhof, weil er nicht schnurgerade und mit rechten Winkeln angelegt ist, sondern eher wie eine Honigwabe. Der Smokey, der naturgemäß ein Kind vom Ostfriedhof ist, muss zugeben, dass der Waldfriedhof in seiner mäandernden, weichen Form, die Gräber wie zufällig in den Wald getupft, schöner ist. Die Bewohner dagegen sind seriöser. Die großen Unternehmer Bayerns, Adlige, Intellektuelle, Nobelpreisträger. Im Ostfriedhof dagegen mehr die Unterhaltungskünstler. Oder solche wie der Moshammer, der als Unternehmer ein großer Unterhaltungskünstler war. Im Ostfriedhof hat der Helmut Dietl *Kir Royal* gedreht, später ist die Erni Singerl dann ganz dorthin umgezogen. Genauso wie der Rex Gildo und der Feinkost Käfer Gerd.

Der Waldfriedhof ist eine Operndiva, der Ostfriedhof ein Schlagersänger.

Der Schani ist zu Recht im Ostfriedhof begraben, denkt der Smokey, schließt die Augen und schickt seinen Atem in den Schmerz, so wie es ihm die Gabi angeschafft hat. Die Sonne fällt auf sein Gesicht und wärmt es.

Der Schani hat sich verhoben, als er die Allianz mit dem Pollner eingegangen ist, er war ein Gerüstbauer aus Giesing und hat mit Menschen wie den Pollners und den von Dietzens nichts zu schaffen gehabt.

Irgendwo und irgendwann hat er einen falschen Abzweig in seinem Geschäftsleben genommen, das hat die Gabi ganz richtig erkannt. Und der Smokey ist sicher, dass genau das dem Schani buchstäblich das Genick gebrochen hat.

I MOG DI

2015

Die Gewohnheit führt ihn über den Hauptbahnhof, am Gleis 11 vorbei hinein in die große Halle, hinüber zur Bahnhofsmission und am Starnberger Flügelbahnhof zum Polizeicontainer.

Er steigt über Menschen, die am Boden schlafen, Frauen, Männer, kleine Kinder. Jugendliche, die allein gekommen sind. Sie haben Angst, sie sind verletzt, sie können nicht glauben, dass sie in Sicherheit sind, und deshalb hat Oberkommissar Josef Frey, der Sepp, für jeden ein Lächeln.

Drei Wochen hat er gelächelt, hat die Feierabende durchgelächelt, hat Flüchtende in Empfang genommen, sie registriert und manchmal auch getröstet. Hat Teddybären verschenkt und Wasser gespendet. Und nicht ein Zitterer hat sich in seine Mundwinkel geschlichen, das Lächeln ist von alleine gekommen, und es ist geblieben.

Weil es die erstaunlichsten, die anstrengendsten und vielleicht die wunderbarsten drei Wochen seines Lebens sind, diese Wochen im September.

Die Menge der Menschen, die von sehr weit her gekommen sind, um Zuflucht in Deutschland zu suchen, hat etwas abgenommen. Auch die Menschen, die helfen wollen,

Münchner, die Schlafsäcke, Kinderkleidung und Lebensmittel gespendet haben und nicht nur geklatscht, sind weniger geworden. Dafür laufen ihm neue Menschenmassen entgegen. Italiener, die monströse Maßkrüge aus Filz auf dem Kopf tragen, die weichen Krüge kippen nach links, die Italiener steuern nach rechts, aber mit zwo Promille wird schon das bloße Laufen eine akrobatische Höchstleistung.

Amerikanerinnen mit Dirndln, die nur aus der Puppenabteilung vom Kaufhof stammen können, und immer wieder Rosenheimer und Fürther, Niederbayern und Oberpfälzer, Gymnasiasten aus Starnberg und die Damenriege vom Erdinger Trachtenverein.

Sie alle strömen durch den Hauptbahnhof, der nicht ein kleines bisschen ächzt, weil er schon viel gesehen und durch sich hat durchziehen lassen, ob es die Gastarbeiterzüge aus Istanbul oder Verona waren oder die Drogensüchtigen unter dem Schwammerl auf dem Vorplatz.

Der Sepp fragt sich, was die Menschen, die Wochen der Flucht hinter sich haben, wohl denken müssen, wenn sie diese Massen durch den belagerten Hauptbahnhof ziehen sehen. Die aus dem Nichts kommen und nach zwei Wochen wie ein Spuk wieder verschwinden, in Lederhosen und Trachtenjankern, schlingernd und kotzend, grölend und singend, mit den absonderlichsten Mitbringseln, von denen das Lebkuchenherz das freundlichste ist.

I mog di.

Eine schöne Botschaft, denkt der Sepp und lächelt.

I mog di.

Er sagt »ciao« und »servus« zu den Kollegen im Container, zu denen er nicht mehr gehört, er hat sich nur als

Freiwilliger gemeldet, außerhalb des Dienstes, aber er hat es sich in der einen Woche, in der er nichts mehr am Hauptbahnhof zu tun hatte, zur Gewohnheit gemacht, jeden Tag einmal vorbeizuschauen. Es hilft ja nix, ein Mordermittler wird gebraucht und kann nicht über drei Wochen am Hauptbahnhof im Hilfecontainer hocken.

Der Sepp bedauert, dass er den Kollegen am Hauptbahnhof nicht mehr helfen braucht, jetzt werden sie alleine mit allem fertig. Wenn er ehrlich ist, deprimiert ihn der Dienst beim Mord, und vielleicht, so denkt er sich, liegt es an den vielen Jahren, die er mit Toten verbracht hat, mit Erstochenen und Erwürgten, mit Erschlagenen und Ertränkten, dass der Bechterew ihn gar so niederdrückt.

In den drei Wochen am Hauptbahnhof, wo er endlich einmal für die Lebenden nützlich sein konnte, hat es ihn weniger gedrückt. Er hat sogar die Medikamente zeitweise weggelassen, weil er manchmal nicht weiß, was schlimmer ist, der Bechterew, der Drecksack, oder die Medikamente mit ihren Nebenwirkungen.

Er denkt an die Familie aus Syrien, die ihm die kleine Tochter in den Arm gedrückt hat, und das Mädel hat sich gefreut und mit ihren heißen klebrigen Händen an seine Ohren gefasst und an seinen Bart, und der Vater hat ihn dann auch noch fest gedrückt.

Ein Mordopfer kann dich nicht mehr drücken, stattdessen kommt es in der Nacht und klopft an deine Augenlider.

Er weiß längst, dass seine Zeit vorbei ist, der Oberkommissar Josef Frey, er hat zu viel gesehen, er bekommt zu oft Besuch von ihnen, er hat seine Frau gehen lassen müssen, und stattdessen hat er jetzt einen Bechterew, der alles andere als ein liebender Partner ist.

Obwohl, manchmal redet der Sepp mit ihm. Umarm deinen Feind, hat der Buddha gesagt, oder vielleicht waren es auch der Gandhi oder der Martin Luther King, ist auch wurscht, weil recht haben sie alle drei.

In den zwei Wochen vom Oktoberfest darf sich München fühlen wie Tokio, jedenfalls die U-Bahn zur Theresienwiese. Wo der Sepp erst drei Bahnen fahren lassen muss, bis er sich von den Ordnern in die vierte hineinquetschen lässt. Aber umarm deinen Feind ist die Devise, und i mog di, denkt der Sepp, dem sie das Gesicht in eine Hirschlederweste hineingedrückt haben.

I mog di, i mog di, i mog di, sagt er sich wie ein Mantra, während er durch das geschmückte Eingangstor auf die Festwiese geht, im rechten Augenwinkel blitzt das Denkmal für die Opfer des Attentats auf.

Grad fünfundzwanzig ist er gewesen, wie das passiert ist. Er hat in der Nacht helfen müssen mit dem Aufräumen, und was er da aufgeräumt hat, das waren nicht nur Zigarettenkippen oder Müll aus dem explodierten Papierkorb.

Nie wieder ist er danach auf die Wiesn gegangen, nicht privat jedenfalls, nur noch beruflich. Und wenn die Gabi mit ihren Freundinnen auf der Wiesn unterwegs war, ohne ihn, dann hat er sich daheim fast die Fingerkuppen blutig gebissen vor Sorge.

Und sich, sobald es ging, beim Mord beworben.

Er kämpft sich durch zur *Käfer-Schänke*, muss die ganze Wirtsbudenstraße hinunterlaufen, und jetzt kommt ihm einmal der Bechterew ein wenig zugute, denn für den Sepp ist es am angenehmsten, wenn er hinunterschaut. Bei der Wirtsbudenstraße ist es nämlich besser, hinunterzuschauen und nicht den Frauen ins Dekolletee, weil nur so rutscht man nicht auf Erbrochenem aus.

Auf dem Rückweg wird er über die Wilde Maus laufen und das Riesenrad, am Toboggan vorbei und am Ausgang dem Vogeljakob ein Vogelpfeiferl abkaufen. Das lutscht er dann weich, bis er wieder daheim ist. Singen wie ein Vogerl wird er trotzdem nicht, bei ihm quietscht das Vogelpfeiferl nur.

Dass der Sepp entgegen seiner Gewohnheit überhaupt auf dem Oktoberfest unterwegs ist, hat mit einer Ermittlung zu tun, die wiederum mit einem Fußballer zusammenhängt, natürlich keiner von den Löwen, sondern einer vom FC, und die gehen, wie jeder weiß, am liebsten in die *Käfer-Schänke*.

Da hätte er sich ja noch lieber ein Spiel in der Arena angeschaut, als in ein Festzelt zu gehen, und dann noch das kleine Holzhütterl vom *Käfer*, in dem auf einen Quadratmeter Promi zwanzig Quadratmeter Adabei kommen, aber er hat keine Wahl, Dienst ist Dienst, und Schnaps ist Schnaps.

Als er es endlich in die *Schänke* hineingeschafft hat und sich nach dem Kollegen umschaut, den er hier treffen soll, sieht er gleich seinen alten Freund. Der Schani hockt auf der Empore mit irgendwelchen Spezln, die der Sepp nicht kennt. Sie sind in Begleitung einiger junger Damen, daran hat sich der Sepp schon gewöhnt, sein Geschmack ist es nicht, aber da muss halt jeder selbst sehen, was er braucht.

Aber die anderen Gestalten am Tisch, die kennt er zum Teil auch, und das sieht nicht nach einer seriösen Gesellschaft aus. Der Haslinger vielleicht, der ist im Wirtschaftsreferat von der Stadt, der geht gerade noch als Saubermann durch. Der jedenfalls quetscht sich hinten ins Eck, als ob er hofft, dass man ihn nicht entdeckt, dabei ist alles, was in der *Schänke* passiert, schon gleich am nächsten Tag in der *Bild*. Daran, dass der Haslinger nicht so recht weiß, ob er die Gaudi-Gesellschaft genießen oder sich lieber bedeckt halten soll, erkennt der Sepp erst recht, dass die da oben auf der Empore halbseiden unterwegs sind.

Auf dem Tisch steht der Pollner, ein blonder Feister, früher hätte man Popper zu ihm gesagt, wegen seiner Ponywelle. Wann immer der Schani mit dem Pollner auftaucht, macht der Sepp einen Bogen um den Freund. Seit dem *Diamond* haben die zwei sich im Schlepptau und machen Geschäfte, über die der Schani lieber schweigt als spricht.

Der Pollner trägt einen weißen Trachtenjanker und darunter nackte Brust. Er schwitzt diesen ungesunden Schweiß, der nicht von der Hitze in der *Schänke* kommt und auch nicht von den Halbnackerten drumherum. Er wird sich nicht mehr lang auf dem Tisch halten, weil er sich nicht entscheiden kann, ob er die Schampusflasche schütteln oder den Wiesnhit mitgrölen soll. Er schwankt auch ohne Maßkrughut auf dem Kopf, eiert in den Knien umeinander, und drumherum feuern sie ihn mit glasigen Augen an.

Der Dritte, dem der Sepp nicht über den Weg traut, ist der Willenbrodt von der Bavaria Bank. Er verteilt Kredite wie Ostereier, Hundertprozentfinanzierung kein Problem.

Und wenn die Leute nach zehn Jahren aufwachen, stellen sie fest, dass sich unter der Schokoummantelung ein faules Ei versteckt. Der Sepp hat schon manch einen an den sauberen Krediten vom Willenbrodt eingehen sehen.

Wie er und die Gabi die zwei Eigentumswohnungen, die der Schani ihnen zur Alterssicherung angedreht hat, finanzieren wollten, hat er ihnen auch einen Termin beim Willenbrodt gemacht, lange ist das her. Aber da sind sie nachher rausgekommen, haben sich angeschaut und beide gewusst: Sie sind doch nicht deppert! Dann sind sie zur Bankfiliale ums Eck, wo sie jeder ein Girokonto haben, die Gabi und der Sepp, und ein Sparbuch und haben einen sauberen Vertrag unterschrieben, einen, den sie sich auch nach zehn Jahren noch leisten können.

Der Schani macht das unsaubere Kleeblatt dort oben perfekt. Mit seinem durchgeschwitzten Hemdrücken und den im Nacken etwas zu langen Haaren sieht er von hinten aus wie einer von den Möchtegernitalienern aus der Leopoldstraße, von diesen Achtziger-Jahre-Strizzis, die vorm *Adria* sitzen und beim Cappuccino den jungen Frauen hinterherschauen.

Plötzlich kommt Bewegung in die Gruppe auf der Empore, der Haslinger setzt sich aufrecht hin und schiebt das Mädel neben sich zur Seite, der Willenbrodt steht auf und scheint zu überlegen, ob er flüchten oder einen Diener machen soll, und der Schani hört augenblicklich auf, den Pollner, der als Einziger nichts bemerkt, anzufeuern.

Am Nebentisch gibt es einen Gästewechsel, und wenn der Sepp richtig sieht, nimmt die Entourage von der Christiane von Dietz dort Platz. Die von Dietz ist eine Brauereibesitzerin, wobei die Brauerei, die sie besitzt, den kleinsten Teil ihres Vermögens ausmacht. Ihr gehört vieles in der Stadt, ein Elefant vom Zirkus Krone, mindestens ein Spieler vom FC Bayern und vor allem: Boden.

Goldener Boden.

Die von Dietz schaut zum ausgelassenen Kleeblatt-Tisch, aber sie ist zu elegant, um die Nase zu rümpfen, stattdessen begrüßt sie ausschließlich den Haslinger mit einem Nicken, und dann kommt auch schon der Käfer Michi und gibt ihr ein Wirt-Lieblingsgast-Bussi.

Der Sepp wird auch begrüßt, aber nicht mit einem Bussi, das hätte ihm gerade noch gefehlt, sein Kollege nickt ihm konspirativ zu, und er muss sich auf die Arbeit konzentrieren. In dem Moment, wo er den Blick von der Empore abwendet, dreht sich der Schani um und schaut hinunter ins Lokal. Als er seinen Freund sieht, zuckt er ein bisserl, aber der Sepp tut, als kennten sie sich nicht, und macht seinen Job.

Die Discokugel dreht sich unermüdlich, und weil es nach elf ist, legt der Moni auch wieder Tina Turner auf. Für die traurige Stunde, die Stunde vor Mitternacht, die Letzte-Runde-Stunde, die Stunde, die ihm und auch dem Sepp das Herz zusammenpresst, bis ihr Einsamkeitselend aus ihnen heraustropft.

Das Bier im Glas vom Sepp ist lack, aber er will nicht, dass der Moni ihm ein frisches zapft, weil er die Bechterew-Medikamente hat, die ihn high machen, da braucht er nicht auch noch den Alkohol.

Am Ecktisch vor der Jukebox sitzt ein Pärchen, hält sich an den Händen und küsst sich, und der Moni und der Sepp schielen immer wieder verstohlen hin, aber nicht weil sie spannen wollen, sondern weil sie es schön finden, dass das *Eck* nach dem Tod von der Monique nicht von der Liebe verlassen wurde.

Der Moni schaut immer wieder auf die Uhr, weil um elf soll die Aymée von der Wiesn daheim sein, sie ist siebzehn und wunderschön, und so ein Mädchen mag man als Vater nicht alleine herumziehen lassen.

Wie die Tür vom *Eck* aufgeht, fällt dem Sepp ein Stein vom Herzen, weil er mit dem Moni mitfiebert, sie denken ja an ihre Wiesnbesuche, und das mag man keinem Mädel wünschen, dass es mit welchen, wie sie es damals waren, unterwegs ist.

Tatsächlich steht die Aymée in der Tür, aber sie ist nicht allein. An ihrer Seite hängt der Schani wie ein nasser Sack. Er hat noch mehr Schlagseite als auf der Empore vor ein paar Stunden. Sein Blick kann sich nicht mehr festhalten, geht hoch zur Discokugel und zum Sepp und zum Zapfhahn und zum Bild von der Monique mit dem schwarzen Schleiferl am Rahmen. Und alles wieder von vorn.

Aber die Aymée sieht frisch aus und gar nicht angestrengt, sie lacht sogar ein bisschen über die verkehrten Rollen. Der Schani, der seinen Arm um ihre Schultern gelegt hat, weil sie ihn stützen muss beim Gehen, streckt plötzlich den anderen Arm nach vorne aus, zu dem Barhocker, wo der Sepp sitzt, damit der Weg kürzer ist, wenn eine Hand schon einmal ankern kann.

Aber der Moni ist schon hinterm Tresen raus, nimmt die beschädigte Sendung in Empfang, löst die Aymée ab und setzt den ramponierten Schani an den Tresen.

»Wo hast du den aufgepickt?«

»Am Goetheplatz vor der Post hat er gesessen«, antwortet die Aymée und rutscht auch auf einen Barhocker, sodass sie und der Sepp den Schani in ihre Mitte nehmen.

Der Moni schiebt seiner Tochter eine Spezi hin, der Schani bekommt auch eine. Er lässt den Kopf tief hängen.

»Du bleibt heute Nacht hier«, sagt der Moni zum Schani seinem Kopf. »Schläfst bei uns.«

Der Schani seufzt schwer, dann schaut er den Moni kurz an, nickt und trinkt seine Spezi.

»Ihr habt's ja ganz schon hingelangt«, sagt der Sepp und meint den Schampus beim *Käfer*.

Der Schani schaut ihn an, und wenn es seine dicken Tränensäcke nicht verhindern würden, könnte man sagen, er hätte die Augen aufgerissen. »Woher weißt du des?«

»Hast mich doch gesehen.«

»Du weißt, dass ich des ned bin, oder?«

Ist der Schani jetzt verwirrt oder besoffen, fragt sich der Sepp, auch ein bisschen verwirrt. Klar hat er den Schani auf der Empore sitzen sehen, da gibt es kein Vertun.

Aber der Schani regt sich fast ein bissl auf und packt den Unterarm vom Sepp, während er sich wiederholt. »Du weißt, dass ich des ned bin, oder? Ich bin immer noch einer von euch!«

Der Sepp und der Moni wechseln einen Blick.

»Ich bin einer von euch«, sagt der Sepp noch einmal in seine Spezi, dann gibt er sich einen Ruck und geht zur Jukebox hinüber. Mit dem italienischen Filzhutgang.

Er steckt eine Münze in die Box, und dudelu, dudelu, beginnt erneut der Song von der Tina Turner.

»I'm your private dancer, a dancer for money …« Die Discokugel dreht sich, und der Sepp, der Moni und die Aymée schauen auf den Schani, in seinem blau karierten

Hemd, wo ein Knopf über dem Bauch abgerissen ist, sie sehen zu, wie er sich dreht und die Arme austreckt, und sie sehen, wie ihm die Tränen über das Gesicht laufen.

Und der Sepp denkt.

I mog di.

16

Die größte Freude im Englischen Garten hat der Smokey an den Hunden. Stunden über Stunden könnte er auf der Bank sitzen und ihnen zusehen. Im nördlichen Teil, da wo die Münchner mit ihren Zamperln unterwegs sind und weniger Touristen und Partygänger.

Der Smokey hat den Englischen Garten in seiner aktiven Zeit beim Mord zuletzt gesehen, er fährt nicht von Giesing, wo ihm die Isar zu Füßen liegt, zur Entspannung nach Schwabing. Und zum Hunde-TV taugen die Isarauen ihm genauso gut.

Zum Vergnügen ist er allerdings nicht mit den Öffentlichen zur Osterwaldstraße gefahren, auch nicht aus beruflichen Gründen, weil er keinen Beruf mehr hat. Wieder ist er unterwegs, weil ihm seine Gedanken keine Ruhe lassen und weil er die Angelegenheit für sich geregelt haben möchte, noch bevor ihn der Schani in der Nacht besucht und ihm Vorwürfe wie Steine auf die Bettdecke legt.

Der Smokey schaut auf die Uhr, aber es ist noch zu früh. Er kennt die Gewohnheiten vom Haslinger, der kreuzt erst Punkt zwölf Uhr dreißig zu seinem Mittagstisch auf.

Der Smokey hat sich in der Früh Zeit gelassen. Hat Gymnastik mit dem Henning gemacht, den Bechterew verärgert, geduscht und noch einmal an die Beerdigung vom Pollner gedacht.

Nachdem er von seiner Runde über den Waldfriedhof zur Aussegnungshalle zurückgekommen ist, hat der Wolf ihn auf einen Kaffee eingeladen. Der hat es auch schon im Kreuz, die Bandscheibe, und wollte nicht länger herumstehen und sich fade Reden anhören auf einen Mann, den er nicht kennt. Die Maria Buco war bereits verschwunden, sie wäre ein schöner Grund für den Smokey gewesen, noch dazubleiben.

Wie sie dann beim Italiener in der Fürstenrieder draußen gesessen sind, ist sich der Smokey fast vorgekommen, als wenn er in der Tegernseer sitzt, der gleiche starke Verkehr, die schlechte Luft, aber ein Gefühl, als wäre die Zeit stehengeblieben. Der Italiener hat wegen dem Corona auch einen Schanigarten gemacht, auf dem Radweg, so wie der Moni.

»Wieso bist du auf die Beerdigung gegangen?«, hat der Smokey den Wolf gefragt. Er wollte der Erste sein, weil die gleiche Frage hätte der Wolf ihm mit gutem Recht auch stellen können.

»Und du?«, hat der prompt zurückgefragt, ohne zu antworten.

Erzählt hat er dann aber trotzdem.

Nichts über die Ermittlungen, aber der Smokey kann schon heraushören, in welche Richtung der Wolf denkt, und im Prinzip ist es die gleiche, in die er auch denkt.

Dass der Schani sich eben übernommen hat. Zusammen mit dem Pollner. Aber dass ihn niemand deshalb umgebracht hat, weil er war schon so gut wie tot und begraben, jedenfalls finanziell. Da musste niemand in einer Baugrube mitten in der Nacht im Herzen von Giesing nachtreten.

Trotzdem hat es jemand getan, es gibt Spuren.

»Den Abriss zuvor hat dein Freund auch nicht allein erledigt«, hat der Wolf dem Smokey verraten, und das hat den wirklich überrascht. Niemals war in der Zeitung die Rede davon, dass außer dem Schani jemand anderes beim Abriss vom Lizzy-Häusl dabei gewesen sein könnte. Auch keine Gerüchte, kein Tratsch, nichts.

»DNA«, hat der Wolf nur sagen brauchen.

Das hat den Smokey den gesamten weiteren Tag so unter Strom gestellt, dass er am Abend nicht einmal von seiner Kräuterzigarette müde geworden ist, er hat noch ein Bier darüber kippen müssen.

Am Morgen hat er sich trotzdem frisch gefühlt und neugierig. Er wollte jetzt genauer wissen, was es mit der Finanzclique, in der sich der Schani zusammen mit dem Willenbrodt, dem Haslinger und der von Dietz bewegt hat, auf sich hat.

Deshalb musste er in den Englischen Garten.

Als er an seinem Zettel im Hausflur vorbeigekommen ist, hat schon wieder jemand etwas daraufgekritzelt.

Lieber Herr Frey, ich interessiere mich sehr für Ihre Schmerztherapie. Vielleicht darf ich Sie besuchen? Simon, 1. OG links.

Am *Mini-Hofbräuhaus* haben sich schon alle Stammgäste versammelt. Es sind mehr Hunde da als Menschen, oder die Hunde fallen mehr auf als die Menschen, weil sie aufgeregt herumwuseln, unter den Tischen und zwischen den Beinen, jagen und spielen, hecheln und betteln. Es ist ein kluger Schachzug, im Gassiparadies einen Biergarten aufzumachen, in dem Tiere hochwillkommen sind. Überhaupt ist hier alles willkommen, was in München sonst nur noch schwer einen Platz findet. Tiere, Zigaretten, und wenn du dich vier Stunden an einem Glas Bier festhältst – im *Mini-Hofbräuhaus* bist du ein genauso guter Gast wie einer, der am Mittag schon den Prosecco bestellt.

Der Biergarten ist wunderbar inklusiv, vielleicht liegt es daran, dass die kleine Bedienung hier die Peitsche schwingt und ihre Gäste fest im Griff hat. Vordrängeln braucht sich keiner, der wird sofort zurückgepfiffen.

Auch im Winter gibt es draußen einen Schweinsbraten, was besonders die Hunde freut, die ohne Leine und Maulkorb zwischen den Holzbänken den Boden absaugen.

Der Haslinger sitzt schon da, wo er immer sitzt. Mit dem Rücken zur Wiese, den Blick auf den Ausschank, den Eingang und den Weg. Er hat alles im Blick, aber er wird auch sofort bemerkt, so weiß jeder, der ihn sprechen will, ob er gerade Audienz hält oder nicht.

Eine frisch gezapfte Halbe hat er vor sich, der Smokey nickt ihm zu, der Haslinger tippt an seinen Hut, habe die Ehre, der Smokey besorgt sich eine Spezi und dann setzt er sich dazu. Mit dem Rücken zum Treiben. Erst einmal stoßen sie an.

»Auf den Martin!«, sagt der Haslinger, und tatsächlich muss der Smokey kurz nachdenken, bis ihm einfällt, dass der den Schani meint.

»A Hund war er scho.« Der Haslinger wischt sich den Schaum vom Mund und hält die Hand mit dem Bierschaum hinunter zu seinem Zamperl. Der schleckt seinem Herrn gierig die Hand ab, er weiß nur zu gut, dass das der Vorgeschmack auf den Schweinsbraten ist.

»Du wirst es wissen«, gibt der Smokey zurück und sieht, wie der Haslinger gleichzeitig in die Offensive und in die Deckung geht. Die Reaktion kennt er aus Vernehmungen, und immer wenn er das erkennt, weiß er, dass er einen Nerv getroffen hat. Die Männer – es sind fast ausnahmslos Männer, die die Kunst des Angriffs bei gleichzeitigem Rückzug beherrschen – lehnen sich meistens mit dem Oberkörper zurück, dann verschränken sie die Arme vor der Brust und gehen verbal zum Angriff über. In den Augen sind sie listig und wachsam, beobachten den Gegner.

Die meisten Frauen ducken sich nur und schauen zum Boden und weichen aus.

Aber der Haslinger ist ein Mann, einer der glaubt, nur weil er ein Mann ist, stellt er schon was dar.

»Wirtschaft ist nicht dein Ressort«, sagt er, »verheb dich nicht.«

»Schau«, jetzt hat der Smokey eine richtige Freude an dem Treffen, »das ist das Schöne am Ruhestand. Nichts ist mehr mein Ressort, deshalb interessiere ich mich für alles.«

Die Bedienung stellt dem Haslinger einen Schweinsbraten hin, daran kann jeder sehen, dass er nicht ein dahergelaufener Zufallsgast ist, normalerweise brüllt die Bedienung nur die Speisen aus, und jeder holt selbst. Aber nicht der Haslinger. Der wird bedient.

Um die Luft beim Haslinger herauszunehmen, aber auch um sich selbst etwas Gutes zu tun, steht der Smokey auf und bestellt eine Haxe.

»Jetzt schau«, kommt er dem Haslinger dann versöhnlich. »Ich habe keine Ahnung. Ich möchte nur verstehen, wie es sein kann, dass der Schani insolvent gegangen ist. Ich habe gedacht, das mit der Balanstraße ist bombensicher.«

»Mei, was ist schon bombensicher? Das Corona haben wir auch nicht auf dem Schirm gehabt.«

Aber der Smokey lässt sich nicht ablenken.

»Der Schani hat mir vor Jahren zwei Wohnungen verkauft. Als Altersvorsorge. Und jetzt sagt mir die Gabi, sie ist froh, dass sie die Wohnungen los ist, weil sie nur draufgezahlt hat. In München! Ja, gibt's das?«

»Da schau her«, sagt der Haslinger und schaut versöhnlich über seinen Semmelknödel mit Soße. »Weil es eben nicht automatisch so ist, dass du mit einer Immobilie reich wirst. Du hast einen Mietnomaden drin oder ständigen Mieterwechsel. Einen Schimmel oder dauernd Reparaturen. Vielleicht hast du einen Kredit zu schlechten Bedingungen aufgenommen, oder eine Wohnanlage hat zu hohe Grundkosten. Kann alles passieren.«

»Und ich hab gedacht«, sagt der Smokey, »wenn dir in München etwas gehört, dann kann dir nichts passieren.«

Auf so einen hirnverbrannten Schwachsinn geht der Haslinger nicht einmal mit einem Mundwinkelzucken ein.

»Ich versteh auch nicht«, der Smokey lässt nicht locker, »wieso der Schani und der Pollner pleitegegangen sind. Denen hat doch viel gehört. Und der Schani hat immer gesagt, die Balanstraße ist sein großer Coup. Der ist bombensicher.«

»Haxe!«, schreit die Bedienung, ein laufender Meter, der mangelnde Größe mit enormer Durchsetzungskraft wettmacht, und der Smokey schaut, dass er den Bechterew dazu bewegen kann, mit ihm aufzustehen. Die Bierbank ist nicht gut zu seinem Kreuz, aber weil er spürt, dass er den Haslinger zum Reden bringt, hockt er sich zur Not stundenlang dorthin.

Außerdem ist eine gescheite Haxe am Mittag, in der Sonne im Englischen Garten, auch nicht verkehrt.

»Die Balanstraße«, referiert der Haslinger mit vollem Mund, »ist auch bombensicher. Immer noch. Aber die haben es halt nicht erwarten können.«

»Der Schani und der Pollner?« Der Smokey kann auch mit vollem Mund.

Der Hund vom Haslinger bellt empört von unten herauf, weil sein Herrchen die Versorgungslinie nicht beachtet.

»Exactly«, gibt der Haslinger mit seiner Globalkompetenz an.

»Und auf was genau haben die nicht warten können?«

Jetzt seufzt der Haslinger, zeigt mit der Gabel auf seinen Teller und konzentriert sich auf den Braten.

Wo er recht hat, hat er recht, der Smokey ist auch mit seiner Haxe schwer beschäftigt, also essen sie. Der Smokey beneidet den ehemaligen Wirtschaftsreferenten jetzt direkt, weil der seinen Ruhestand so eingerichtet hat, dass er jeden Mittag zur gleichen Zeit mit seinem Hund hier einkehrt. Vorher geht er spazieren, und nachher legt er sich aufs Ohr.

Der weiß, wie Ruhestand geht.

Der Smokey natürlich auch, der hat sich zwischen Cannabis und Heizdecke und dem Henning ganz gut in seinem Rentnerdasein eingerichtet, aber außer im *Eck* kommt er nicht viel unter die Leute. Den Haslinger dagegen, den kennt ein jeder. Es wird hier gegrüßt und da geratscht, entspannt auf Abstand. Die Zamperl verbinden, und der Smokey überlegt, ob ein Hund bei ihm glücklich werden könnte.

»Das Immobiliengeschäft«, beginnt der Haslinger, tupft sich mit der Papierserviette erst den Mund ab, dann nimmt er damit ein Stück vom Braten auf seinem Teller und legt es dem Hund unter den Tisch, »ist ein Geschäft, bei dem du einen langen Atem brauchst. Investoren planen Jahre im Voraus. Du kannst nicht ein Grundstück kaufen und zum Bauen anfangen wie bei einem Einfamilienhaus.«

Der Smokey nickt, er kämpft noch mit der Haxenkruste.

»Und natürlich hast du in der Zeit Ausgaben. Hohe Ausgaben. Die Zinsen bei der Bank sind allein schon sechsstellig. Und die Genehmigungsverfahren ziehen sich hin, Planungsvorhaben ändern sich, Gesetze ändern sich.«

»Die beiden Investoren von der Balanstraße haben also warten müssen mit dem Baubeginn und in der Zeit Geld verloren?«

»Richtig. Die sind mehr oder weniger ausgeblutet«, sagt der Haslinger, und es tut ihm kein bisschen leid, weil, mei, es ist, wie es ist. »Schau«, setzt er nach, »das war eine Nummer zu groß für den Schani und den Pollner. Die haben das nicht stemmen können.«

»Warum hat es sich denn so lange hingezogen?«

»Erstens, weil das ganz normal ist. Und zweitens: wind of change.«

Weil der Smokey ein recht deppertes Gesicht macht, erklärt es ihm der Haslinger gönnerhaft.

»Wir haben Wahlen gehabt. Da bläst der Wind plötzlich aus der anderen Richtung. Die Sobon-Reform hat die Projekte verteuert, da musst du alles neu durchrechnen, die Gewinnmarge ist nicht mehr so groß, vielleicht springen Investoren ab. Der Green Deal ist gekommen. Das bedeutet klimaneutrales Bauen. Alles, was die an der Balanstraße geplant hatten, mussten sie noch mal von vorne machen und an die neuen Gegebenheiten anpassen.«

»Die Sobon?«

»Sozialgerechte Bodennutzung. Bisher mussten bei einem Bauvorhaben vierzig Prozent der Wohnungen preisreguliert sein, jetzt sind es plötzlich fünfzig. Zum Beispiel. Da kracht eine Finanzierung schnell zusammen. Aber das ist den Grünen ja wurscht. Und ich –«

»Okay«, sagt der Smokey und grätscht in den Vortrag hinein, weil er spürt, dass der Haslinger sich gleich politisch echauffiert, davon will er sich den schönen Erkenntnisgewinn aber nicht verderben lassen. Tatsächlich kapiert er, was der Haslinger ihm erzählt, und er versteht jetzt auch, warum der Schani das nicht gepackt hat. Dinge aussitzen war nicht seine Kernkompetenz, der hat immer losgelegt, und zwar sofort. Fakten schaffen, wie beim Häusl-Abriss. Geduld hat der Schani nicht gekannt.

»Wenn ich also als Investor so lange im Voraus plane, dann muss ich mir aber schon sehr sicher sein, dass das Projekt erstens auch durchgezogen werden kann und zweitens der Standort noch interessant ist, oder?«

Der Hund vom Haslinger unterm Tisch bellt wieder auf der Stelle los, nur weil der Smokey seinen Teller zur Seite geschoben hat – da ist noch etwas von der Haxe drauf und ein Knödel.

»Jetzt gib ihm halt was«, fordert ihn der Haslinger auf.

»In München kannst du gar nichts verkehrt machen, da ist jeder Standort interessant.«

Schlagartig wacht der Russe auf und tritt dem Smokey mit dem Knie ins Kreuz, als wenn er ihm einen Schubs geben will, dass jetzt aber Schluss ist mit den Samthandschuhen. Ausnahmsweise ist der Smokey dem Bechterew dankbar für den Hinweis, weil er hat zwar mit einer Hirnhälfte dem Haslinger zugehört, aber mit der anderen Hirnhälfte hat er sich eine Schlussfolgerung zusammengereimt, und die muss nach draußen befördert werden.

»Manche Standorte gewinnen aber mehr an Wert als andere.«

Der Haslinger schaut ihn misstrauisch an. »Wenn du die Balanstraße meinst, dann ist das Schmarrn. Das ist Innenstadtlage, das ist schon lange interessant. Obergiesing ist nicht erst seit gestern im Wert gestiegen.«

»Nein, an die Balanstraße habe ich jetzt nicht gedacht.«

Der Smokey macht eine dramaturgische Pause und bittet die Bedienung, ihm ein Doggybag zusammenzupacken, damit er morgen noch etwas von der Haxe hat. Dem Haslinger-Hund gibt er ein Stück Fleisch, der kann ja nichts für sein Herrchen. »Ich meinte mehr eine Randlage. Die plötzlich attraktiv wird, weil die Stadt dort plant. Da ist es immer gut, wenn ein Investor einen Draht zum Rathaus hat.«

Der Haslinger ist auch ein Hund, so schnell lässt er sich nicht aus der Reserve locken. Er lächelt ganz lieb und sagt nur: »Deine Audienz ist beendet.«

»Habe die Ehre«, verabschiedet sich der Smokey brav.

Er geht aber nur ein paar Meter weiter, setzt sich auf

eine bequeme Parkbank, eine mit Rücklehne, und ruft den Kayacik an.

»Du, sag einmal. Ich habe mich gerade mit dem Haslinger unterhalten.«

»Bin ganz Ohr«, sagte der Kaya, der bekanntermaßen kein Freund vom Haslinger ist.

»Der Schani hat doch schon lange die Häuser gehabt, wo die Bulgaren drin sind.«

»Und?«

»Und ich habe mich immer gefragt, warum der die da reingesetzt hat«, sagt der Smokey. »Der hätte die Häuser auch renovieren und vermieten oder verkaufen können. Stattdessen lässt er sie verfallen.«

»Er kassiert die armen Schweine doch ab.«

»Ja, aber ich glaube, dass das nicht sein Ziel war. Er hat nur kassiert, weil er's halt kann. Dabei ging es ihm nicht um die Häuser.«

Der Kayacik schweigt, stattdessen klackert seine Tastatur.

»Exorbitante Wertsteigerung bei den Bodenpreisen da oben, seit die Planungen von der Stadt mit dem neuen Quartier publik sind«, hört der Smokey ihn schließlich sagen. Und weiter: »Der Schanninger hat die Häuser unmittelbar davor erworben.«

»Da schau her«, sagt der Smokey, und es ist wie früher beim Mord, wenn sie gespürt haben, dass sie eine Fährte aufgenommen haben.

Er hat ein gutes Gefühl.

17

Die Lizzy lacht. Sie lacht wie ein kleines Mädchen, und dem Smokey geht das Herz auf. Er bedauert, dass der Moni das Lachen nicht sehen und hören kann, denn eigentlich ist er es, der die Lizzy dazu gebracht hat. Aber der Moni darf nicht mit hinein ins Sankt Alfonsheim, nur der Smokey, wegen der Ansteckungsgefahr. Also hat der Smokey die Kinderbücher von der Aymée mit hineingenommen, und jetzt sitzen sie im Zimmer und schauen sich *Rundherum in meiner Stadt* von Ali Mitgutsch an.

Ein Wimmelbilderbuch, das ist genau das Richtige für eine alte Frau, die nicht mehr hinauskann. Die ihre Stadt nicht mehr sehen wird, nur noch über den Innenhof vom Heim auf die Zimmer der anderen Bewohner schauen oder an der Vogelstation die Rotkehlchen beobachten kann.

»Wenn die Lizzy nicht in die Stadt geht, kommt die Stadt halt zur Lizzy«, hat der Moni gesagt und aus einer Kellerkiste das Bilderbuch herausgezogen. Ein bisserl komisch ist sich der Smokey schon vorgekommen mit dem Stapel Kinderbücher, aber die Pflegerin, die der Lizzy beim Anziehen geholfen hat, hat gemeint, es ist eine super Idee.

Jetzt sitzt er hier, die Lizzy schaut auf das Gewimmel und freut sich wie ein Schnitzel.

Und der Smokey, der sich immer Kinder gewünscht hat, denkt, besser so als nie, auch wenn er nicht mit einem Vierjährigen im Arm dasitzt, sondern mit einer Vierundneunzigjährigen.

Der Humorhorizont ist aber der gleiche, die Lizzy lacht über einen Jungen auf dem Bild, der im Schwimmbad in einen Busch pieselt, und über einen anderen, dem einer die Badehose herunterzieht.

»Ich lass dir die Bücher da«, sagt der Smokey und steht auf. Er hat eine Verabredung, der Moni wartet auf ihn.

Die Lizzy hört eh nicht zu, sie schaut sich das Schwimmbadbild aus dem Buch an. Der Smokey fragt sich, in welche Zeit die Lizzy gerade zurückreist. Hat sie jemals so eine Vergangenheit gehabt wie aus dem Bilderbuch? Erinnert sie sich, wie sie als junges Mädchen in einem Schwimmbad war? Mit dem Schani war sie gewiss nirgendwo. Dafür hat sie keine Zeit gehabt, Freizeit, das ist im Leben von der Lizzy nicht vorgekommen. Der Smokey erinnert sich selbst nicht daran, ob er jemals mit seinen Freunden in einem Schwimmbad war, im Schyrenbad oder in Harlaching. Später als Polizeischüler, da hat er in Harlaching trainiert. Aber an so ein Spaßbadevergnügen, daran erinnert er sich nicht.

Aber es ist gleich, woran sich die Lizzy erinnert oder nicht, sie ist beschäftigt und freut sich, das ist alles, was zählt. Der Smokey drückt ihr ein Bussi auf den Scheitel und geht.

Draußen vor Lizzys Zimmer steht die Heimleiterin und bittet den Smokey um eine Unterredung. Er traut sich nicht, nein zu sagen, und hofft, dass es nicht lange dauert, damit der Moni nicht noch länger draußen warten muss.

Als er aus dem Sankt Alfonsheim auf den Bergsteig tritt, sitzt der Moni entspannt auf seiner Maschine, raucht, schaut mit der Ray-Ban in die Sonne und hat überhaupt keine Eile. Er reicht dem Smokey den Helm, lässt die Maschine an, und sie fahren über den Ring hinaus in den Norden der Stadt.

Der Moni fährt ein schönes Tempo, den Smokey drückt es gerade richtig in die Kurven, er fühlt sich geschmeidig in seinem gekrümmten Körper und schließt zwischendurch die Augen, damit er sich der Bewegung und dem Geschwindigkeitsrausch hingeben kann. Aber bevor er im Hirn richtig abhebt, sind sie schon am Ziel.

Die Maschine lassen sie am Eingang zu einem Feldweg stehen. Sie wollen das Gelände ablaufen, deshalb sind sie hier. Der Smokey, der sich den Bebauungsplan, der in der Zeitung war, ausgedruckt und mitgenommen hat, hofft auf eine Inspiration.

Ein neues Stadtquartier soll hier entstehen, mit fünfhundert Wohnungen, preisgebunden und sozial gerecht. Schulen, Sportplätze, Supermarkt und U-Bahn-Station.

Aber noch schauen sie auf ein Feld. Auf einen Kartoffelacker und Maisfelder. Rabenkrähen laufen auf lehmigen Erdschollen herum, ihre fedrigen Köpfe glänzen schwarz, die Brüste stolz gereckt, sie wirken auf den Smokey wie Inspektoren, die das Land in Augenschein nehmen.

Der Moni und der Smokey stehen mit dem Rücken zur Stadt und schauen nach Norden, in die Leere. Ein entfernter Kirchturm, Hausdächer, Weite. Der Smokey kramt lang in seinem Kopf, aber alles, was er denkt ist: Land.

Und er weiß, der Schani hat geschaut und gedacht: Geld.

Er hat es einmal von ihm gehört. Lange her, da hat der Schani auf den Giesinger Asphalt gezeigt und gesagt: Das ist goldener Boden.

Der Smokey schaut jetzt seit vielen Jahren nach unten, er kennt den Giesinger Boden und überhaupt den Münchner Boden so gut wie kaum ein anderer. Und niemals wäre ihm eingefallen, an Geld zu denken. An Bodenpreise und Stadtentwicklung, an Mieten und Kredite und Entwicklung und höher, schöner, teurer.

Ihm fällt gerade so viel ein wie das, was er sehen kann. Ein Hundehaufen, ein Kaffeebecher, ein Papier, ein Cent.

Ein Regenwurm, wenn's ein guter Tag ist, oder ein grüner Halm.

Asphalt, frischer Teer, Pflasterstein.

Darum wohnt er zur Miete. Weil er bei Boden nicht denkt: Kauf ich.

»Die Heimleitung hat mich gefragt, ob ich die Betreuung für die Lizzy übernehme«, sagt er und reißt den Moni aus dem Entspannungsdasein.

»Was?«

»Weil sie keinen hat, der für sie entscheidet. Natürlich können die im Heim für sie entscheiden, wenn sie keine Angehörigen mehr hat, aber sie haben mich gefragt.«

»Recht so.«

»Mei.«

Der Moni fragt nicht weiter, er weiß eh, dass der Smokey ihm nicht sagen kann, ob er es macht oder ob er es nicht macht. Für so eine Entscheidung braucht er Bedenkzeit. Und gerade jetzt muss er über vieles nachdenken.

Über den Schani.

Oder ob er sich einen Hund holt.

Wer Simon, 1. OG links, ist.

Sie gehen zurück und biegen in die Straße ein, in der die Bulgaren-Häuser vom Schani stehen.

Aber die Häuser sind leer. Um das Grundstück herum steht ein Zaun, im Garten ein Container. Darin liegen Matratzen und Bettdecken, kaputte Möbel, Fensterrahmen. Ihr Anblick deprimiert den Smokey. Dass Dinge, die ins Haus gehören, Dinge wie eine Matratze oder eine Bettdecke, die dazu dienen, Menschen warm zu halten, ihnen Geborgenheit und ein angenehmes Zuhause zu geben oder wenigstens die Illusion vorzugaukeln, dass diese Dinge nackt und ausgestellt sind, vom Wind zerfetzt und vom Regen durchnässt, macht ihn traurig. Es erinnert ihn an Bilder von Bombenexplosionen, wenn die ausgebombten Häuser ihr Innerstes preisgeben. Die Gegenwart der Menschen, die sie bewohnt haben, ist in jeder Kaffeetasse, jedem Stuhl und jedem Zahnputzbecher spürbar, ihre körperliche Abwesenheit aber erzählt die schlimmsten Geschichten.

Die Bulgaren jedenfalls sind verschwunden, und wenn der Smokey an Märchen glauben würde, dann hoffte er, sie hätten etwas Besseres gefunden.

»Das gehört jetzt alles der Bank?«, fragt der Moni in die Bauzaunlücke hinein.

»Wem's gehört, ist nicht geklärt, der Lizzy wahrscheinlich, wenn sie das Erbe annimmt.«

»Oder du für sie entscheidest, ob sie es annehmen soll?«

Der Smokey stöhnt. Woher soll er das jetzt schon wissen?

»Der Schani und der Pollner brauchten Geld, um die laufenden Kredite zu bedienen. Deshalb hat der Schani beim Willenbrodt, bei der Bavaria Bank, seine anderen Immobilien beliehen. Das Grundstück zum Beispiel.«

Der Moni spuckt aus. »Die Wohnung von der Aymée ist nicht beliehen. Die hat sie ohne Schulden geerbt.«

Der Smokey zuckt die Schultern. Ihm ist das zu kompliziert. »Vielleicht weil es sein privater, abbezahlter Besitz war und keine GmbH oder AG.«

Sie gehen zurück zum Motorrad, hier gibt es nichts mehr zu sehen. Aber der Smokey hat trotzdem einen Erkenntnisgewinn, nämlich dass bei der Bavaria Bank schon jemand angefangen hat zu arbeiten. Der zieht das, was der Schani hinterlassen hat, glatt. Die Häuser hier werden abgerissen, ein sauberes leeres Grundstück bleibt stehen, ein schönes Filetstück am Rand vom neuen Quartier. Dann geht es in die Zwangsversteigerung, die Bank kann es an den nächsten Investor weiterreichen.

Der Moni kickt die Maschine an, aber anstatt direkt ins *Eck* zu fahren, macht er einen Schlenker zur Balanstraße. Er hält nicht an, fährt langsam, sie tuckern am Bauzaun um das große Gelände. Es gibt nicht viel zu sehen, ein bisschen Schrott, Container, Müll und Unkraut.

Früher hat das Gelände einmal der Brauerei der Charlotte von Dietz gehört. Sie hat es an das Konsortium verkauft, an dem der Schani und der Pollner beteiligt waren. Der Schani hat gedacht, dass es seine Eintrittskarte ist. In die erste Liga. Weg von den alten Häusern von der Neuen

Heimat. Weg von Unterkünften für Wanderarbeiter. Weg von dem mühsamen Geschäft der Prokura.

Er ist seinen Weg konsequent gegangen, und das, was er an der Balanstraße geplant hat, sollte seinem Schaffen die Krone aufsetzen.

Der Smokey glaubt, dass es schon lange nicht mehr um das Geld gegangen ist. Davon hat der Schani genug gehabt. Er wollte Anerkennung. Ganz oben mitspielen.

Und der Pollner, der wollte seinem Bruder und der Frau Mama zeigen, dass er's draufhat.

Vier lange Jahre hat die Brache den Schani angelacht wie eine Zahnlücke im Gebiss. Hat ihm, dem Martin Schanninger, einem Obergiesinger Strizzi, Gerüstbauer und Discobesitzer, den Spiegel ins Gesicht gedrückt und ihn verhöhnt: Du schaffst es nicht. Weil du von ganz unten kommst, weil deine Mama ein Amiflitscherl ist.

Dreiundsechzig Jahre ist es nur aufwärtsgegangen im Leben vom Martin Schanninger.

Und dann haben vier Jahre gereicht, um ihn bitter und verzweifelt werden zu lassen.

Wegen der unbebauten Balanstraße, wegen wind of change, wie der Haslinger gesagt hat.

Dem Smokey fällt jetzt ein Song ein. »Spiel nicht mit den Schmuddelkindern«. Er hat sich immer gefragt, wer das sein soll, die Schmuddelkinder. Solche hat er gar nicht gekannt, Schmuddelkinder.

Heute weiß er es besser.

ICH SCHEISS DICH ZU MIT MEINEM GELD

2016

Der Champagnerkorken knallt aus der Flasche, landet im hohen Schnee, Schaum fließt dem Schani über die Hand, er setzt die Flasche an den Mund und trinkt, reicht sie an den Moni weiter. Der zögert, aber weil er den Blick vom Sepp auffängt, nimmt er einen Schluck.

Es ist ein großer Moment für den Schani, also sagt man nicht nein, wenn der mit einem feiern möchte. Auch wenn seine beiden Freunde fad daherkommen.

Seit die Monique gestorben ist, ist der Moni kaum noch an die Oberfläche getaucht. Er schwimmt durch die trübe Brühe seiner Tage, und wenn er die Aymée nicht hätte, die, je älter sie wird, immer mehr von der Strahlkraft ihrer Mutter besitzt, dann würde er hier nicht mehr stehen.

Und der Sepp? Der schuftet sich eh nur noch durchs Leben. Aber nicht mehr lang. Im Juni ist Schluss, noch sechs Monate. Er hat den anderen nichts gesagt, nur die Gabi weiß Bescheid. Und mit ihr der Klausi. Weil die Gabi ihm den Schubser gegeben hat. Sie hat ihn erst auf die Idee mit der Frühpension gebracht.

»Warum brauchst du denn volle Bezüge?«, hat sie ihn

gefragt. »Du hast keine Kinder, du musst nichts vererben, du bist krank und als Beamter gut versorgt. Hör doch einfach auf mit dem Arbeiten!«

Zunächst hat er es rundheraus abgelehnt. Aufhören mit dem Arbeiten, noch vor der Rente, das macht man nicht. Erstens weil es unanständig ist und zweitens, was soll er denn sonst tun, außer arbeiten? So waren die ersten Gedanken vom Sepp, aber die Idee war einmal in seinem Kopf und ist nicht mehr gegangen.

Jetzt könnte ich in die Berge fahren, hat er sich gedacht, während er in einem Briefing in der Ettstraße gesessen ist.

Oder dass er dann das tote Mädchen nicht hätte sehen müssen, das das Jugendamt in der verwahrlosten Wohnung gefunden hat.

Am meisten aber hat er damit die Hoffnung verbunden, dass die Toten nicht mehr in seinen Träumen herumlungern.

»Was hast du jetzt vor damit?«, fragt er den Schani und zeigt auf die Brache um die alte Abfüllhalle herum.

Der Schani hat ein Geheimnis darum gemacht, als er sie mit dem Lamborghini zur Balanstraße gefahren hat. Sie hätten auch zu Fuß gehen können, es ist nicht weit, einmal am Ostfriedhof entlang. Aber der Schani geht nicht zu Fuß, außer über seine Baustellen, er fährt jeden Meter mit dem Auto. Seit er die Arbeitsschuhe gegen die Cowboystiefel gewechselt hat, weigert er sich, irgendwohin zu Fuß zu gehen. Die Schuhe, die er trägt, sind nicht gemacht, um damit zu laufen.

»Silicon Valley.« Der Schani stapft vor ihnen durch den Schnee, in der einen Hand die Schampusflasche, in der anderen die E-Zigarette. »Büros und Apartments, wohnen und arbeiten in einem Quartier.«

»Ganz was Neues«, brummt der Moni, der von seiner Arbeit im *Eck* keine hundert Meter weit entfernt wohnt.

Den Moni kann man nicht schnell begeistern, jedenfalls nicht zwei alte Dackel, wie sie es sind. Die Monique konnte Feuer in ihm entzünden, immer und egal wofür. Die Aymée kann es bestimmt auch. Aber ein Immobilienvorhaben vom Schani holt den Moni niemals aus seinem Panzer.

»Für einen großen Tech-Konzern«, dem Schani ist es gleich, was der Moni sagt, er hört sich gerne beim Begeistern zu, »ein Big Player. Der kann sich aussuchen, ob er nach London geht oder nach Tel Aviv, der hat Mitarbeiter aus der ganzen Welt.«

»Und da will der an den Ostfriedhof?«

Der Schani lacht. »Weißt, die Preise hier, das sind Peanuts für die. Da schnaufen nur die Deutschen, weil sie es nicht gewohnt sind. Aber global betrachtet ...«

Mit global brauchst du dem Moni nicht kommen. Der Moni war global unterwegs. Und zwar in echt, mit Körper und Geist und nicht in einer virtuellen Realität.

»Global, illegal, scheißegal«, sagt er, und der Sepp zieht scharf die Luft zwischen die Zähne, er weiß, was kommt.

»Du Arschloch«, sagt der Schani.

»Spekulantensau«, der Moni.

»Jetzt hört halt auf«, sagt der Sepp.

»Wenn's wahr ist.« Der Moni zündet sich eine Marlboro an, inhaliert tief und bläst den Rauch dem Schani ins Gesicht, weil es ihn ärgert, dass der mit seiner E-Zigarette herumtut, dabei war er immer ein richtiger Raucher, einer der letzten, die dem Moni beim Hinarbeiten auf den Lungenkrebs die Stange gehalten haben.

Der Schani will etwas sagen, verbeißt es sich aber, er reicht dem Sepp den Champagner, damit er die Flasche nicht alleine aussäuft.

»Du musst das begreifen«, sagt er zum Moni. »Die Welt dreht sich weiter. Und du musst dich mitdrehen, wenn du nicht untergehen willst.«

»Hörst du dir zu?«, fragt der Moni und lacht bitter. Er nimmt dem Sepp den Schampus aus der Hand, setzt die Flasche an und säuft sie in einem Zug aus. Dann wirft er die Flasche, so weit er kann, sie verschwindet in der dunklen Nacht, aber sie kommt nicht auf. Oder sie kommt auf, aber sie können es nicht hören, weil sie mit einem weichen Schmatzen im Schnee versinkt.

»Ich bin der Einzige, der mir zuhört!« Der Schani greift in den Schnee, nimmt eine große Handvoll und packt mit der freien Hand den Moni im Nacken, mit der anderen drückt er ihm den Pulverschnee ins Gesicht. Der Moni wehrt sich, er ist größer als der Schani und stark, nimmt den Kleineren in den Schwitzkasten und stopft ihm Schnee in den Mantelkragen. Aber der Schani kann sich befreien, er läuft ein paar Meter rückwärts, der Moni hechtet nach, packt ihn an den Beinen, und dann rollen sie sich im Tiefschnee, raufen und schenken sich nichts. Weiße alte Bären, so sehen sie aus, und der Sepp formt einen schönen Schneeball und noch einen und fängt an, die zwei Streithammel zu beschießen. Sie lassen voneinander ab, es braucht kein Wort zwischen ihnen, um sich gegen den Angreifer zu verbünden, jetzt geht es auf den Sepp.

Später sitzen sie auf der Rampe der ehemaligen Abfüllhalle, eine Ruine, Graffiti in ihrem Rücken und vor ihnen die Stadt, still unter dem Schnee. Sie sind nass und außer Atem, frieren, egal. Sie sind zusammen, sie sind wie früher.

»Ich gehe in den Ruhestand«, sagt der Sepp. Er mag keine Geheimnisse haben, jetzt nicht mehr. Sie gehören zusammen, und sie haben niemanden sonst. Jedenfalls er und der Schani nicht.

Der Moni haut ihm auf den Rücken, nicht zu stark, er weiß, dass der Sepp Schmerzen hat.

»Du hast eh ausgesorgt. Beamter.«

Der Schani fischt eine Marlboro aus dem Packerl vom Moni, die E-Zigarette hat er bei der Schneeballschlacht verloren, schade ist es ihm nicht darum. Er zündet die echte Zigarette an und inhaliert, als hätte er vergessen, wie es sich anfühlt, wenn der Rauch die Lungen durchlöchert. So, wie er da neben dem Sepp sitzt, in seinem dünnen Kamelhaarmantel und den silbernen Schlangenlederstiefeln, sieht er aus wie ein Zuhälter. Aber egal, was er anzieht, der Sepp sieht ihn immer im weißen Unterhemd. So, wie sie ihn von der Firma abgeholt haben, in der Landsberger Straße, als wenn keine Zeit vergangen wäre.

»Und wenn schon«, sagt der Schani. »Ich habe genug für uns alle.«

»Geh.«

Der Moni schüttelt den Kopf, Schnee klebt in seinen langen grauen Haaren. Das Geld vom Schani und seine Großzügigkeit bleiben ein ewiger Stachel.

»Das hier«, der Schani perforiert mit seiner Zigarettenglut den Nachthimmel, »das wird ganz groß. Ihr werdet's schon sehen.«

18

Der Smokey hat sich eine Tagestour vorgenommen, einerseits beschwerlich, vor allem wenn der Bechterew keine Lust auf einen Ausflug hat, andererseits: Was soll er sonst machen?

Also läuft er los, von Obergiesing über Untergiesing nach Harlaching. Er will sich einmal ansehen, wo der Haslinger wohnt. Der Satellit vom Google hat's ihm angezeigt, und der Smokey hat sich erst einmal gewundert. Ein Penthouse am Perlacher Forst, da schau her, die Altersbezüge von einem hochrangigen Beamten wie dem Haslinger geben schon was her. Aber so ein Satellitenbild auf dem Google kann auch lügen, der Smokey glaubt eh nur, was er mit den eigenen Augen gesehen hat. In Harlaching war er obendrein lange nicht mehr, und der Bechterew braucht täglichen Auslauf.

Von seiner Wohnung läuft der Smokey erst einmal hinüber zum Kasernengelände und denkt darüber nach, ob der Vater vom Schani vielleicht hier gedient hat und jeden Tag in nächster Nähe zu seinem Sohn gewesen ist, von dem er nichts gewusst hat. Und ob der Schani sich als Bub das auch vorgestellt hat, wie sein Vater als GI auf der einen Seite der Tegernseer Landstraße gelebt hat und er mit seiner Mama auf der anderen.

Aber vielleicht ist alles auch ganz anders, das Geheimnis nimmt die Lizzy mit ins Grab.

Bei der Polizeiinspektion an der Chiemgauer schaut er rasch vorbei, aber von den alten Kollegen, die ihn kennen, ist kaum noch einer da, und wie er den Kopf in die Wache steckt, um servus zu sagen, da schauen die jungen Kollegen und überlegen, ob sie den krummen Hund vielleicht einfangen und nach Haar bringen sollen. Also macht er, dass er weiterkommt.

Das Laufen tut ihm gut, es bringt ihn wieder ins Gleichgewicht, nachdem ihn der gestrige Abend aus der Kurve getragen hat.

Der Moni hat ihn nach ihrem Motorradausflug nicht gehen lassen wollen, der Tahiil und die Aymée haben sich sowieso ums *Eck* gekümmert, was sie ab und zu machen, aus freien Stücken, ihnen macht es Spaß, derweil kann der Moni sich auslüften. Deshalb hat er gestern freigehabt.

Der Smokey ist mit zu ihm, und zunächst hat der Moni für sie gekocht. Er ist ein großer Koch, das hat er in den Jahren unterwegs gelernt, und mit der Monique hat er das Kochen perfektioniert. Es gab wie immer ein Gericht aus Haiti, ein Reisgericht und Schweinernes. Dazu Rum und später Bob Dylan.

Der Moni war in seinen jungen Jahren immer im Aufbruch, auch im Kopf. Von ihnen dreien war der Hias Hinterkammer der wildeste Hund, der Revoluzzer. Aber jetzt, wo sie auf die siebzig zugehen, ist er ruhig geworden, so ruhig, dass es den Smokey manchmal herunterzieht.

Denn wenn sie beide zusammensitzen, und alles ist wie früher, dann werden die Lücken, die die Abwesenden hinterlassen, zu groß.

Es sind nur noch sie zwei, wo früher die Eltern, die Gabi, der Schani und vor allem die Monique waren. Deshalb sind die Abende beim Moni für den Smokey immer auch eine Anstrengung. Gerade weil es so schön ist und sein Freund nicht nur ein begnadeter Koch, sondern auch ein genialer Gitarrist ist, der sich saugut darauf versteht, eine Erinnerungskonserve nach der anderen zu öffnen.

Wenn er sich nach so einem Abend vom Moni verabschiedet, fühlt sich der Smokey immer wie eine ausgezuzelte Weißwurst.

Das Laufen gibt ihm Kraft, heute ist perfektes Wiesnwetter, blauer Himmel, weiße Wölkchen. Niemand hat dem Wetter gesagt, dass es sich in diesem Jahr keine Mühe geben braucht, weil die Wiesn nicht stattfindet.

In Harlaching reiht sich ein Einfamilienhausgarten an den nächsten, eine Shisha Bar oder eine Kneipe wie das *Eck*, einen Matratzen Concord oder Döner musst du lange suchen.

Das Haus, in dem der Haslinger lebt, ist keine zehn Jahre alt, es schaut genauso aus wie die neuen Luxushäuser am Ring, die mit Isarblick, nur im Kleinformat. Ein ruhiges und grünes Wohnen, nicht einmal Kinder gibt es in dem Haus, man sieht es auf den ersten Blick, kein Trampolin im Garten.

Von oben aus dem Dachgarten hört der Smokey Hundegebell, er bildet sich ein, es ist die Stimme vom Haslinger-Zamperl. Weil er nicht möchte, dass der Haslinger über seine Bambusse hinunterschaut und sieht, dass der Bucklige sich herumdrückt, geht er weiter am Haus vorbei und reiht sich in die Ausflügler ein, die den Forstenrieder Park überschwemmen.

Als der Hund vom Haslinger wieder Ruhe gibt, traut sich der Smokey zurück. Die Dachterrassenwohnung muss er sich nicht lange betrachten, er sieht sofort, dass der Haslinger geerbt haben muss, um sich das zu leisten. Ganz egal, ob er gekauft hat oder zur Miete wohnt, eine Zweihundertquadratmeterwohnung mit umlaufender Dachterrasse in einem Harlachinger Dreiparteienhaus, wo an der einen Wand eine Schiefertafel ist, an der Wasser hinunterrinnt, das in einen Zen-Teich mündet, kann sich ein Staatsbediensteter nicht leisten, es sei denn, er war Minister. Das wäre der Haslinger gerne geworden, aber dazu hat es nicht gereicht.

Der Smokey stellt sich so, dass die Kamera, die den Eingang überwacht, ihn nicht sehen kann, und macht ein Foto vom Meditationswasserfall. Die Gabi wäre hingerissen, und vielleicht ist der Klausi handwerklich begabt und kann ihnen so etwas im Miniaturformat an ihre Doppelhaushälfte in Bad Wiessee hinkleben.

Vom Klingelschild macht der Smokey ebenfalls ein Foto, das schickt er gleich an den Kayacik weiter, der sich bestimmt dafür interessiert, dass der Haslinger im Ruhestand als »ImmoInvest Consulting« unterwegs ist.

Weil er recht beschwingt den Heimweg antritt, beschließt der Smokey, noch einen Schlenker durch die Säbener Straße zu machen, dem FC Bayern einen Besuch abzustatten und vors Tor zu spucken.

In der Brust vom Smokey haben zwei Seelen Platz. Er ist einerseits ein rechtschaffener Mann, der sich benehmen kann und auf Ordnung achtet, der nicht streitet und niemals jemanden beleidigt.

Andererseits aber gibt es die Seele, die dem Verein gehört, den Löwen, und diese Seele ist weniger wohlerzogen, als es sich der Smokey wünscht. Es ist der Teil von ihm, der in jungen Jahren schon den Kaiser Franz nicht grüßen konnte und so abergläubisch ist, dass er jedes Mal, wenn er am FC Bayern vorbeikommt, einen Fluch dalassen muss, und der Fluch muss ausgespuckt werden, sonst gilt er nicht. Das hat der Hias von ihm verlangt, da waren sie acht Jahre alt, und der Smokey wie der Moni werden sich ihr Lebtag daran halten.

Aber bevor er zum Grünwalder Stadion weiterlaufen und sich Absolution holen kann, entdeckt der Smokey auf dem Parkplatz den Tesla von der Charlotte von Dietz. Mit einem größeren Zaunpfahl kann das Schicksal gar nicht winken, also beschließt er zu warten. Sowieso hat er eine Pause nötig, hockt sich in den Schatten der Bäume und schaut auf die rot-weißen Gebäude vom FC. Naturgemäß empfindet der Smokey die gesamte Anlage als protzig, obwohl er zugeben muss: Jedes zweite Gymnasium in Bayern kommt genauso daher. Die Allianz zwischen Münchner Geschichte und architektonischer Eleganz wie beim Grünwalder Stadion ist halt einmalig und gewachsen. Das stellst du mit keinem Geld der Welt einfach so hin.

Die Mittagssonne heizt auf ihn herunter, als wäre es August, vor Müdigkeit fallen ihm die Augen zu. Nur wenige Sekunden, aber die haben gereicht, um die Charlotte von Dietz zu verpassen, die bereits an der Fahrertür ihres Autos steht. Schnell rappelt sich der Smokey hoch und ruft sie an.

Sie schaut irritiert, wie er quer über den Parkplatz auf sie zutaumelt, beim Aufstehen ist ihm schwarz vor den Augen geworden, und weil sein Gleichgewichtssinn wegen dem Bechterew ein bisserl schwach auf der Brust ist, findet er nicht sofort in einen geraden Gang.

Einer wie der Brauerei-Bavaria jagt der Smokey selbstverständlich keine Angst ein, und so wartet sie an der Fahrertür, bis er bei ihr ist, um sich für den Überfall zu entschuldigen. Weil sie ihn nicht kennt, er ihr aber nicht sagen will, dass er früher einmal beim Mord gewesen ist, sagt der Smokey geraderaus, wie es ist. Dass er ein Freund vom Martin Schanninger ist und auf eigene Faust ein wenig herumermittelt.

Die von Dietz zuckt nicht einmal mit einer Augenbraue.

»Habe ich Sie nicht bei der Beerdigung von Clemens Pollner gesehen?«

Als hätte sie auch das Vernehmungsseminar beim FBI gemacht. Den Smokey haut es vor Überraschung aus seinem schönen Konzept heraus, er nickt und weiß erst einmal nicht weiter. Das wäre ihm früher nicht passiert, dass er im Kopf Aussetzer hat, er muss sich demnächst einmal entscheiden. Raucht er weiter Gras, dann wird er irgendwann deppert, oder hört er auf damit und überlässt dem Bechterew seinen Körper? Lieber deppert werden, denkt der Smokey, und die Lizzy kommt in seinen Kopf, wie sie an der Mon-Chéri-Kirsche lutscht und sich freut. So geht's halt auch.

»Ich habe Herrn Schanninger kaum gekannt«, sagt die von Dietz. »Den jüngeren Pollner im Übrigen auch nicht. Aber ich bin eine Freundin seiner Mutter.«

»Sie haben ihnen ein Grundstück verkauft. Dem Martin Schanninger und dem Clemens Pollner. Vor vier Jahren. In der Balanstraße.«

Auf eine schlechte Erinnerung kann sie sich nicht mehr herausreden, so viel steht schon einmal fest.

»Das ist richtig. Allerdings bin ich mit solchen Geschäften nicht persönlich betraut.«

Sie lächelt ihn an, so freundlich, dass den Smokey der Verdacht beschleicht, dass die von Dietz ihn damit fein auf Abstand hält.

»Völlig klar.« Der Smokey schwankt noch ein bisserl, ist es die Sonne oder weil er so lange auf den Beinen ist oder vielleicht auch weil er sich einen alten Depp schimpft, der eine Charlotte von Dietz auf dem Parkplatz mit saublöden Fragen behelligt.

»Geht es Ihnen gut?«

»Danke. Passt schon.«

Die von Dietz zögert, sie pendelt zwischen Misstrauen und Mitleid, das nutzt der Smokey. Er haut seine Frage raus, dann haben sie es beide hinter sich gebracht.

»Mich interessiert nur, warum Sie an diese beiden Investoren verkauft haben. Bekanntlich war deren Finanzierung nicht sonderlich stabil.«

Zum Smokey seiner zweiten Überraschung setzt sich die Brauerei-Bavaria in ihren Tesla und macht ihm die Beifahrertür auf.

»Ich nehme Sie ein Stück mit. Müssen Sie in die Stadt?«

Er zieht wie sie die Maske auf, öffnet das Fenster, dann

schnurren sie in Richtung Giesing, und die Charlotte von Dietz redet.

Dass es einige Mitbewerber gegeben hat, natürlich, es ist ja ein Filetgrundstück, das sie sich im Übrigen aus dem Herzen gerissen hat, was hätte man dort alles auf die Beine stellen können, aber manchmal braucht ein Portfolio eine Veränderung, da vertraut sie ganz auf ihre Consultants, denn wer ist sie schon, sie kann ja auch nicht von allem alles verstehen, sie ist gut darin, eine Brauerei zu leiten, aber auch noch Immobilien, nein, das überlässt sie den Profis in ihrem Unternehmen, sie macht lieber etwas mit Menschen, das macht ihr Spaß, ein Unternehmen zu führen und, da macht sie aus ihrem Herzen keine Mördergrube, die Annehmlichkeiten zu genießen, die ihre Aufgabe ihr bietet, nämlich direkt, in kurzen Wegen und kurzen Zeitspannen zu planen und zu entscheiden, weil das Immobiliengeschäft ist erstens sehr abstrakt, und die Planungszeiträume sind immens.

Wo war sie stehengeblieben?

Der Grund, dass ihr Unternehmen sich dennoch für den Verkauf an die Herren Schanninger und Pollner entschieden hat, lag zum einen darin begründet, dass diese sehr konkret für den amerikanischen Tech-Konzern geplant hatten, eine Mischbebauung, Büros und Wohnungen für die Mitarbeiter, ein interessanter globaler Ansatz, für die Stadt München ist es schließlich enorm wichtig, ihren Ruf als Tech-Standort auszubauen und gerade ganz besonders diese Firma, einen globalen Großkonzern mit einer interessanten Perspektive, in die Stadt zu holen, was das Gutachten vom damaligen Wirtschaftsreferenten der Stadt, dem Herrn Dr. Hermann Haslinger auch nahegelegt hat, denn, seien wir einmal ehrlich, ein Konzern wie der ihrige muss auch immer etwas zurückgeben, und wenn die Stadt mit dem attraktiven Standort punktet, dann ist es natürlich wichtig, eine Ermöglicherin zu sein und keine Verhindererin, will sagen, man möchte doch auch mitgestalten und hat eine Verantwortung für die nächste Generation, die Welt verändert sich, und wir verändern uns mit, Nachhaltigkeit ist jetzt wichtig, mehr denn je, da kann man schon einmal dem Käufer bei einem derart wegweisenden Projekt etwas entgegenkommen und muss nicht immer nur auf den Profit schielen, nein, hier ist auch der Benefit ausschlaggebend gewesen, welche Nummer haben Sie gesagt?

Ach hier.

Der Smokey wird auf die Herzogstandstraße gespuckt und muss sich erst einmal orientieren, während der rote Tesla schon längst den Nockherberg hinunterschnurrt.

Ihm ist noch schwindliger als vorher, er stolpert die Treppen nach oben, schmeißt sich in sein Bett, und die Cannabiszigarette davor vergisst er glatt.

Der Klausi hat einen Kuchen vom *Café Krupp* mitgebracht. Mit echtem Zucker und aus Weizenmehl. Mit Sahne und Obst und Streuseln und Füllung, einen Diabetiker bringst du mit dem Kuchenbüfett um, nicht aber den Klausi und den Smokey, die es sich auf dem Balkon gemütlich machen. Der Smokey hat dem Klausi seinen zweiten Balkonstuhl angeboten, der seit dem Auszug von der Gabi nur noch von seinen Füßen genutzt wird. Er freut sich sehr, dass der Klausi jetzt dort hockt, und der Klausi freut sich auch.

»Schön hast du's hier«, sagt er und schaut ganz verzückt in Richtung Blaues Land, von wo aus er ja gerade hergekommen ist.

Der Klausi ist auch ohne die Gabi eine angenehme Gesellschaft, und man merkt schon, dass der auch einmal froh ist, aus der Tegernseer Gemütlichkeit in die Stadt hineinzuschmecken.

Außerdem hat er Unterlagen mitgebracht, die der Smokey bei ihm angefragt hat, und man muss anerkennen: Ganz so eine trübe Tasse kann man als Sparkassenfilialleiter doch nicht sein, weil, alle Achtung, der Klausi war schnell und sorgfältig obendrein.

»Für die Bavaria Bank ist die Balanstraße auf jeden Fall ein Geschäft«, beginnt der Klausi und taucht ohne Schnickschnack in medias res ein. »Die finanzieren nicht wie bei einem Privatmenschen, der ein Einfamilienhaus kaufen will, nach Eigenkapital, sondern danach, was das Grundstück wert ist. Und dafür kassieren sie Zinsen.«

»Also ist dem Willenbrodt praktisch wurscht, wem er so ein Grundstück finanziert?«

»Nicht ganz. Du könntest jetzt nicht daherkommen. Aber Herr Schanninger und Herr Pollner sind ja solvent gewesen. Da gab es Erfahrung, Immobilien und Kapital im Hintergrund.«

»Offenbar nicht genug.«

Der Klausi hat den Mund voll Johannisbeerbaiser und wiegt nur den Kopf.

»Aber das Grundstück gehört jetzt nicht der Bank und die beliehenen Firmen und Immobilien auch nicht, oder?« Das wäre dem Smokey nämlich die liebste Theorie gewesen, dass der Uwe Willenbrodt sich im Namen der Bavaria

Bank das Vermögen vom Schani unter den Nagel gerissen hat, aber den naiven Zahn zieht ihm der Klausi.

»Schmarrn«, sagt der. »Die Bank holt sich nur ihr Geld zurück. Also das, was sie finanziert haben. Da schaut ja auch der Insolvenzverwalter drauf. Die können sich gar nichts unter den Nagel reißen, so läuft das nicht. Das wäre Enteignung.«

»Aber die Preise sind gestiegen«, denkt der Smokey laut, und er spürt, wie der Zucker jetzt in seinen Blutbahnen rumort und das Gegenteil mit seinem Körper macht wie die Cannabiszigarette, die er doch noch geraucht hat, bevor der Klausi gekommen ist, damit sich der Bechterew aufs Ohr legt und er den Kopf zum Denken frei hat. Die Gedanken rasen wie der Michael Schumacher im roten Ferrari darin herum, mit Zucker im Tank.

»Die Bank bekommt bei der Zwangsversteigerung ihr Geld doch locker wieder raus, oder? Da stehen die Investoren vermutlich Schlange.«

»Davon kannst du ausgehen! Das ist goldener Boden. Ich habe dir für die Immobilien vom Schanninger, die du mir aufgeschrieben hast, alles aufgelistet. Werte, Wertsteigerung, Bodenpreise, alles. Der Willenbrodt beziehungsweise die Bavaria Bank macht definitiv keinen Verlust.«

»Und wenn sie mehr rausholen, als ihnen zusteht? Was passiert mit dem Überschuss?

Der Klausi schleckt sich das Baiser vom Finger wie die Gabi letztens die Sahne vom Datschi. »Geht an die Erben. Oder an den Staat, wenn's keine Erben hat.«

Doch, denkt der Smokey. Und er sieht die Lizzy vor sich, wie sie fröhlich im Sankt Alfonsheim sitzt, auf den Knien ein Bilderbuch.

Und nicht ahnt, dass sie am Ende ihres Lebens eine reiche Frau geworden ist.

19

Der Ball trifft den Korb, prallt vom Rand ab, die Aymée fängt ihn auf, dribbelt eine Runde von den anderen Spielern weg, passt zum Tahiil, und der versenkt. Ihr Spiel ist elegant und kraftvoll, aber der Smokey beobachtet sie schon den ganzen Abend, und er spürt – wie er es in den letzten Jahren zunehmend gespürt hat, seit die Aymée erwachsen geworden ist – ihren Ehrgeiz, ihren Willen zum Sieg und wie sie die Ellenbogen ausfahren kann. Die Aymée will beim Basketball wie in ihrem ganzen Leben mit dem Kopf durch die Wand.

Der Tahiil dagegen spielt weich, geschmeidig, er ist biegsam und hat Lust am Spiel, er freut sich, wenn einer einen guten Punkt macht, auch wenn es der Gegner ist. Er kann abgeben und spielt, weil das Spiel ihm Freude macht. Und nicht nur der Sieg.

Der Smokey fragt sich, woher die Aymée das hat, der Moni ist vom Ehrgeiz weiter entfernt als der Mond von der Erde, und die Monique hat ihr Leben immer im Moment gelebt, die hat sich keine Ziele in der Zukunft gesteckt. Aber sie war das Zentrum ihrer Welt, und das ist die Aymée auch, man kann es nicht nur sehen, heute beim Basketball, man kann es direkt greifen. Die Energie von der Aymée zieht alle mit, sie ist die Sonne, um die alle hier oben kreisen.

Also doch wie ihre Mutter.

Das Spielfeld, das *Hallo München* auf einem Hausdach gebaut hat, ist eine schöne Münchner Sensation und für den Smokey eine Ablenkung von dem Trübsinn, der ihn erfasst hat. Der Schani hat aus seinem Grab heraus nach ihm gefasst und zieht ihn jeden Tag ein Stück mehr zu sich hinunter.

Der Smokey weiß, dass er aufhören muss. Mit dem Bohren. Er wirbelt nichts Gutes auf, es ist besser, der Sargdeckel vom Schani bleibt vernagelt.

Lange Zeit hat er sich damit zufriedengegeben, dass er seine Routine hat: den Henning, das Grasrauchen und seine Schlafpausen. Ein bisschen im Viertel herumgehen, einen Kaffee im *Eck* trinken und die Lizzy besuchen. Aber seit er dem Schani in die Vergangenheit folgt und in das einsame Leben von seinem alten Freund hineinschaut, schaut er auch in einen Spiegel.

Sein eigenes Bild in dem Spiegel ist blass.

Nur das.

Blass.

Ihn schaut ein Mann an, der keine Vergangenheit und keine Zukunft hat.

Die Aymée schwitzt, sie gibt jetzt alles, ihre Mannschaft liegt einen Punkt zurück, und jeder sieht, dass es sie wurmt.

Den Drive hat er nie gehabt, der Smokey.

Er hat zur Polizei gehen wollen, und dann hat er das halt getan.

Er hat in seinem Job Gerechtigkeit gewollt und die Wahrheit gesucht, aber jetzt stehen die ungelösten Fälle an seinem Bett.

Er hat sich eine Familie gewünscht, aber es hat nicht sollen sein, und dann hat er die Gabi ziehen lassen.

Der Schani und der Moni, die haben beide gebrannt. Jeder für etwas anderes, und deshalb sind sie sich ständig in die Haare geraten, aber ihre Träume haben sie sich erfüllt.

Es wird Zeit für einen Traum, entscheidet der Smokey und schaut zu, wie sich der Körper von der Aymée nach oben schraubt in den Münchner Abendhimmel. Wie sie sich streckt, alles an ihr ist Energie, sie vibriert von den Zehenspitzen bis in die Enden ihrer Braids, und jetzt spürt der Smokey, wie die Strahlen ihrer Sonne ihn erreichen. Ihm Nadelstiche versetzen, ihn wach piken und ihm sagen, komm mit dem Arsch hoch, Junge.

In ein paar Tagen geht sie los, auf die Walz.

Und wenn sie weg ist, das nimmt sich der Smokey fest vor, dann wird auch er weiterziehen. Nicht zu einem anderen Ort, sondern in seinem Herzen. Vielleicht muss er vorher noch mit der Gabi sprechen, und die macht eine Aufstellung mit ihm, mit ihren Holzmännlein, oder sie legt ihm ein Tarot oder setzt sich einfach mit ihm hin, backt einen Datschi, und sie reden. Egal, wie die Gabi es macht, sie hat ihm immer weitergeholfen.

Und der Klausi hat zugeschaut und sich daran gefreut, dass die Gabi so ein genialer Life Coach ist.

Der Smokey weiß, dass er seinen Horizont erweitern will. Seine Welt ist klein, alle, die er gerngehabt hat, sind weg. Ihm bleibt nur noch der Moni. Zum Glück bleibt ihm der.

Als sie gestern nach ihrem Ausflug in die Balanstraße noch im *Eck* aufgeschlagen sind, hat der Moni gesagt, dass er es sich vielleicht noch überlegt mit Thailand. Weil sonst ist die Wohnung von der Aymée leer, und das kann er nicht verantworten. Dass er vielleicht doch noch bleibt, drei Jahre und einen Tag, bis sie zurückkommt.

»Und das *Eck*?«, hat der Smokey gefragt, und an der Art, wie der Moni »Ja mei«, geantwortet hat, hat er gewusst: Es bleibt, so lange, wie der Moni bleibt. Und in drei Jahren und einem Tag wird eh noch einmal neu verhandelt.

Da ist der Bechterew einmal kurz von seinem Rücken heruntergehüpft, damit der Smokey durchschnaufen und sich leicht fühlen kann.

»Wie geht's?« Der Tahiil setzt sich zum Smokey. Das Spiel ist aus, die Aymée holt etwas zu trinken.

»Passt. Und dir?«

Der Tahiil wirft einen Blick zur Aymée, die ihnen jetzt den Rücken zudreht. Sein Blick wird nicht wehmütig oder düster, er schaut sie einfach an und liebt sie. »Okay«, sagt er. »Passt schon.«

»Der Moni will das *Eck* doch nicht zumachen.«

»Gut.« Der Tahiil nickt. »Das ist gut für euch.«

Älter als der Smokey kann man sich in dem Moment nicht fühlen, als er begreift, dass der Tahiil ihn und den Moni damit ins Austragshäusl abschiebt, das *Eck* nämlich fängt sie auf, die Alten, die sonst nicht wissen, wohin.

Da muss der Smokey doch lachen, der Tahiil haut ihm aufs Knie, und die Aymée kommt mit einer Limonade und sagt: »Na, habt ihr Spaß?«

Sie haben dann noch Spaß zu dritt, draußen und auf Abstand, so wie die anderen auf der Terrasse auch. Es wird später, die Sonne geht unter, Zeit für den Smokey, nach Hause zu gehen, Tahiil und Aymée haben sich schon verabschiedet. Er will aufbrechen und rumpelt mit einem Mann zusammen. Der schaut ihn an und fragt: »Bist du der Vater von der Aymée?«

»Nein. Ich bin nur so etwas wie der Onkel.«

Der Smokey weiß, wen er vor sich hat, der Nico ist jeden zweiten Tag in der Zeitung, er hat das *Hallo München* gegründet und engagiert sich in der Kultur- und Flüchtlingspolitik.

»Ah! Der andere Onkel. Der Kriminalkommissar«, schiebt der Nico hinterher, wahrscheinlich weil der Smokey ein deppertes Gesicht aufgesetzt hat. »Den Martin Schanninger kannte ich schon. Mein Beileid übrigens.«

Der Smokey nickt, er weiß nicht vor und nicht zurück, weil er hat sich vor fünf Minuten noch vorgenommen, nicht länger in den Tod vom Schani zu investieren, aber jetzt stellt ihm der Herrgott einen Fingerzeig direkt vor die Nase.

Es kommt halt, wie es kommt.

»Die Aymée hat mir erzählt, dass der Martin schon mal hier war«, antwortet er schneller, als er die Entscheidung – bohren oder nicht bohren – getroffen hat. »Ich habe gar nicht gewusst, dass der sich für so etwas interessiert?«

Der Nico zuckt die Schultern. »Hat er auch nicht.«

»Aber?«

Der Nico schaut sich um, als wäre es etwas Geheimes, dann bietet er dem Smokey noch etwas zu trinken an, und sie setzen sich an den Rand des Spielfeldes. Die Sonne ist weg, außer ihnen sind nur noch wenige Menschen hier oben auf dem Dach. Unten, am Fuß des Hauses, sitzen die Leute auf der Straße, wie sie es im Sommer immer tun, aber in einem Sommer wie diesem erst recht.

»Er kam letztes Jahr einmal mit der Aymée hierher. Sich die Bauarbeiten anschauen. Angeblich. Die Aymée war wahnsinnig stolz auf das alles, sie hat ihm die Baustelle gezeigt.« Er schaut den Smokey an. »Waren Sie Brüder? Oder Freunde? Wenn die Aymée von Ihnen spricht, hört es sich an, als wären Sie Familie.«

Der Smokey nickt, auf einmal ist er wahnsinnig müde. Müde davon, über den Schani zu sprechen, müde auch von all den Erinnerungen an ihre gemeinsamen Erlebnisse. In immer rascherer Folge holen die Aufnahmen aus der Vergangenheit ihn ein, wie die kleinen Plastikkameras, die es in seiner Kindheit gab, wo man sich im Schnelldurchlauf durch Venedig oder den Obersalzberg oder Capri klicken konnte.

Klick, die Sohle von den Schlangenlederstiefeln in der Baugruppe, klick, der Olympiaberg, klick, das *Yellow Submarine*, klick, klick, klick.

»Alles okay?« Der Nico beugt sich besorgt zu ihm rüber.

Es dauert, bis der Smokey reden kann. »Ja. Wir waren Freunde. Schon immer. So lange, dass wir Familie geworden sind.«

Von der Straße unten hört man Musik, Lachen, Gespräche, Fahrradklingeln, Hunde und die Tram. Darum lebt der Smokey so gern in der Stadt. Selbst wenn ihn die schlimmste Einsamkeit überfällt, kann er hinaus auf den Balkon oder hinunter auf die Straße und am Leben teilnehmen. Das Leben unten holt ihn auch jetzt wieder mental zurück auf die Terrasse. Er nickt dem Nico zu, als Aufforderung, dass er weitererzählen soll.

»Kurz darauf kam er wieder. Dieses Mal ohne die Aymée. Er hat mir einen Vorschlag gemacht, von dem sie nichts wissen sollte. Von dem erst einmal niemand wissen sollte, außer wir beide und die Frau Sklarek.«

Der Smokey schaut ihn an. Es öffnet sich die nächste Box mit Geheimnissen vom Schani.

»Frau Sklarek ist im Baureferat. Die hat das Projekt natürlich in ihrem Zuständigkeitsbereich gepitcht, aber unter uns hat der Herr Schanninger auf Geheimhaltung gepocht.«

»Was für ein Projekt?«

Der Nico erzählt dem Smokey, dass der Schani ihm und der Stadt das Gelände in der Gietlstraße zur gemeinsamen Nutzung angeboten hat. Damals noch mit dem Häusl drauf. *Hallo München* sollte ein Begegnungshaus dort bauen dürfen, quasi in den Garten von der Lizzy. Der Schani wollte das Grundstück zur Verfügung stellen, der Nico hat schon Architekten an die Planung gesetzt, wie man das denkmalgeschützte Häusl einbinden kann.

Aber dann ist der Schani durchgedreht und hat es abgerissen, und von dem Begegnungshaus war keine Rede mehr.

»Gewundert hat es mich nicht«, schließt der Nico. »Aber schade war es schon. Es wäre ein tolles Projekt geworden und hätte *Hallo München* und vielen Menschen in der Stadt geholfen.«

»Es passt gar nicht zum Schani. Also, der Abriss schon«, verbessert sich der Smokey. »Wahrscheinlich hat ihm irgendetwas gestunken. Der war so. Aber ein Begegnungshaus?« Er denkt an die armen Arbeiter in den heruntergekommenen Häusern, draußen im Norden.

»Ihr Freund hat sich null für unsere Arbeit interessiert«, hört der Smokey den Nico sagen. »Das war überhaupt nicht sein Ding. Geflüchtete, soziale Begegnungsstätte, Mehrgenerationenhaus. War dem total wurscht.«

Also warum dann?, fragt sich der Smokey noch einmal, er muss es nicht laut fragen, der Nico schiebt die Antwort hinterher.

»Ich glaube, da ging es ums Prestige. Vielleicht hat er einfach nicht mehr der böse Investor sein wollen.«

Der Smokey schüttelt den Kopf. »Das war dem Schani erst recht scheißegal. Welchen Ruf er hat.«

»Im Nachhinein denke ich, es ist schon besser, dass es nicht geklappt hat. Wahrscheinlich wären wir nie gut ausgekommen.«

»Beim Geschäft hat der Schani keine Gnade gekannt, stimmt schon.«

Der Erinnerungsfilm hat längst gestoppt, mit der Cola ist auch die Müdigkeit verschwunden, und jetzt ist der Smokey hellwach. Sogar der Bechterew gibt Ruhe, vielleicht interessiert ihn, was der Nico erzählt hat. Was den Smokey aber noch viel mehr beschäftigt, als was der Nico ihm erzählt hat, ist, dass er nichts davon wusste. Der Schani hat alle seine Projekte groß herausgeblasen, aber hiervon hat er keinen Ton gesagt.

»Er hat uns auch nicht vorgewarnt, dass er andere Pläne hat oder sein Angebot zurückzieht, nichts«, sagt der Nico gerade, und jetzt ist ihm die Enttäuschung über den Martin Schanninger, den Miethai und Gentrifizierer, anzusehen. »Wir hatten schon investiert, den Architektenwettbewerb ausgeschrieben.«

Der Smokey denkt an die Balanstraße. »Vielleicht hat er keine Baugenehmigung bekommen?«

Da lacht der Nico laut, aber nicht aus Fröhlichkeit. »Auf keinen Fall! Wir haben einen guten Draht zur Stadt, die das ja gemeinsam mit uns machen wollte. Und die Frau Sklarek hat mir mehrmals signalisiert, dass sie das Projekt sehr befürworten und vonseiten der Verwaltung alles dafür tun wollen, es möglich zu machen.«

Er kann es nicht ruhenlassen, erkennt der Smokey. Wie ein Gummiband zieht es ihn immer wieder zu der Schani-Geschichte hin, je mehr er davon wegwill. Der Tod vom Schani in der Baugrube hat eher mit der Gietlstraße zu tun als mit den Geschäften mit dem Pollner und dem Haslinger, das hat er im Urin. Weil in dem Abriss vom Haus der Lizzy spürt der Smokey, was ihm die ganze Zeit gefehlt hat: ein Gefühl.

20

»Danke, dass Sie sich die Zeit genommen haben.« Der Smokey hat das Sport-T-Shirt gegen ein Hemd ausgetauscht und sich ordentlich am Schreibtisch platziert, bei der Frau Sklarek allerdings läuft die Katze über die Tastatur, und im Hintergrund spielt ein Kind. Zehn Uhr vormittags, der Bechterew macht ein Nickerchen. Der Kayacik kennt die Frau Sklarek und hat dem Smokey bei ihr die Tür geöffnet.

»Kein Problem. Der Polizei habe ich das aber schon alles erzählt.«

»Ich interessiere mich mehr privat«, beeilt sich der Smokey zu erklären. »Ich vertrete Frau Elisabeth Schanninger als Betreuer. Sie erbt von ihrem Sohn, und ich bin dabei, mir einen Überblick zu verschaffen, ob es überhaupt Sinn hat, das Erbe anzunehmen. Wegen der Insolvenz, Sie wissen schon.«

Das Bild seiner Laptopkamera ist zum Glück so miserabel, dass die Frau Sklarek nicht sieht, wie schlecht er lügt. Außerdem ist sein Argument an den Haaren herbeigezogen, aber sie sagt nur »Ach so« und hebt dann ein Kind auf ihren Schoß.

»Ich möchte eigentlich nur wissen, wieso das *Hallo München*-Projekt mit dem Herrn Schanninger nicht zustande gekommen ist. Nico Schumer hat mir gesagt, der Bauantrag wäre so gut wie genehmigt gewesen.«

»Wir lassen uns nicht erpressen«, sagt die Frau Sklarek, kämpft mit dem Kind, das an ihrem Zopf zieht. »Ganz einfach. Den Bauantrag in der Gietlstraße hätte er bekommen, ohne Frage. Aber das hat ihm nicht gereicht.«

Das hätte auch auf dem Grabstein vom Schani stehen können, schießt es dem Smokey durch den Kopf. Es hat ihm nie gereicht.

»Was wollte er noch?«

»Die Genehmigung für sein Projekt in der Balanstraße. Er hat versucht, uns unter Druck zu setzen. Nach dem Motto: Ihr bekommt euer Begegnungshaus, damit steht ihr gut da. Im Gegenzug sollte ich den Bauantrag für die andere Sache hier durchpeitschen.«

»Aber so läuft das nicht«, sagt der Smokey und schaut fasziniert der Frau Sklarek zu, wie die in aller Ruhe Kind und Katze von ihrem PC weghält und trotzdem konzentriert ist.

»Richtig. So läuft das nicht. Herr Schanninger kommt aus einer anderen Zeit. Mag sein, dass meine Vorgänger oder Vorvorgänger noch eine gewisse Hinterzimmerpolitik betrieben haben, wo mündliche Absprachen gang und gäbe waren. Aber das ist wirklich lange vorbei. Das hat er nicht verstanden, Ihr Herr Schanninger.«

Mein Herr Schanninger, will der Smokey sagen, war ein ganz anderer als Ihr Herr Schanninger.

Leider ist er nur selten dazu gekommen.

Das Klingelschild fällt ihm zum ersten Mal auf. Simon, Messing poliert. Tag für Tag, Jahr für Jahr läuft er daran vorbei, und erst als er den Finger auf die Klingel legt, sieht er, wie schön es ist.

Die Frau, die ihm öffnet, überrascht ihn. Auch sie ist schön, auch sie hat er noch nie zuvor gesehen.

Aber sie lächelt ihn sofort an, als kennten sie sich. »Ich hätte nicht gedacht, dass Sie sich melden.«

»Sie wissen, wer ich bin?«

Sie legt den Kopf zur Seite, ihr Lächeln ist schief. »Bechterew.«

So, wie man ihm seine Krankheit ansieht, sieht er ihre. Sie hat keine Wimpern und keine Augenbrauen, trägt ein buntes Tuch auf dem Kopf.

Die Trauer um die Monique, lange verdrängt, greift sofort nach seinem Herzen. Er weiß nicht, ob er das kann. Aber es gibt kein Zurück.

Er steht wie festgewurzelt und schaut sie an. Schmal ist sie, viel zu schmal, in seinem Alter. Unter der Jeans schauen nackte Füße heraus, mit roten Zehennägeln.

»Ich kann Sie nicht hereinbitten, wegen der Ansteckung.«

Aus ihrer Wohnung riecht es nach Kaffee, nach gutem Kaffee, so wie ihn die Gabi macht. Und nicht wie der Sirup, der aus seiner alten Maschine tropft.

»Kennen Sie *Moni's Eck*?«

Sie lacht und schüttelt den Kopf.

»In der Tegernseer, gleich hier.« Er sagt ihr die genaue Adresse. »Dann erzähle ich Ihnen von der Schmerztherapie.«

»Eigentlich hatte ich gehofft …« Sie lässt den Satz in der

Luft hängen und lächelt mit den wimpernlosen Augen, und jetzt geht dem Smokey erst auf, dass sie sich kein Gespräch vorgestellt hat. Bei ihm steht wirklich etwas auf der Leitung. Ein Elefant mindestens, das lässt sich nicht einmal mehr mit dem Russen entschuldigen.

»Heute Abend«, sagt er, »auf dem Dachboden. Da ist ein Fenster, wo man rauskann.«

Und das hat ihn jetzt selbst überrascht. Erst der Hornochse vom Dienst und dann sich selbst überholen. Herzlichen Glückwunsch, Josef Frey, denkt er, vielleicht bist du doch nicht so deppert, wie du denkst.

21

Der Smokey und der Wolf halten ihre durchweichten Leberkässemmeltüten in der Hand, während der Kayacik in seine Butterbrezen beißt.

»Dass dir das nicht zu fad ist«, murmelt der Wolf und verdreht die Augen, und der Smokey kann sich vorstellen, dass sie diesen Dialog in fast jeder Mittagspause führen.

»Ich denk, du bist in Freising geboren«, lässt der Wolf nicht locker, »ein gescheiter Bayer isst seinen Leberkäs.«

Auf den Spaß miteinander sind sie abonniert, der bayerische Türke und der Wolf mit seinem Preußen-Migrationshintergrund.

Der Wolf lacht, packt seine Semmel aus und beißt genussvoll hinein. »Sonst wirst ausgewiesen«, ruft er und freut sich, dass sie sich derblecken.

»Nicht lustig«, befindet der Kayacik.

Sie schauen wieder hinüber auf das *Donisl*.

»Soll doch wieder eine Wirtschaft rein«, sagt der Wolf.

»Man darf die Hoffnung halt nicht aufgeben«, sagt der Kayacik.

»Der Moni behält sein *Eck* auch. Vorerst«, gibt der Smokey in die Diskussion.

Der Kayacik hat seine Butterbrezen aufgegessen. »Dass der Haslinger eine Beraterfirma hat, das wissen wir längst. Aber da kommen wir nicht dran. Vorerst!«

Dem Wolf tropft etwas von dem Leberkässaft auf das Poloshirt, was den Bericht vom Kayacik kurzfristig bremst, dann nimmt er einen neuen Anlauf.

»Aber wir haben natürlich Einsicht in alle Konten vom Schanninger und vom Pollner. Tatsächlich ist Geld geflossen. An den sauberen Herrn Dr. Haslinger. Für Beratertätigkeiten – vor dem Kauf der Balanstraße. Und nach dem erfolgreichen Abschluss hat der Haslinger seine Traumimmobilie angemietet. Dreimal darfst du raten, wem die geile Penthouse-Bude in Harlaching gehört.«

»Lecko mio«, sagt der Smokey. Weil er's sofort errät. »Clemens Pollner.«

»Und was zahlt er an Miete, der Herr Haslinger?«

Jetzt feixt auch der Wolf. »Einen symbolischen Preis?«

Der Kayacik kann mit seiner Freude nicht hinterm Berg halten. »So schaut es aus. Weil er muss ja etwas zum Absetzen haben für seine Consultingfirma.«

»Und bei den Bulgaren-Häusern?«

Der Kayacik strahlt nun bis über beide Ohren. Einen korrupten Politiker drankriegen, davon träumt er schon lang. Nicht irgendeinen, den Haslinger im Speziellen. »Da hat er auch Geld erhalten beziehungsweise seine Firma, allerdings erst nach dem Kauf. Das ist schon einige Jahre her. Ich könnte mir vorstellen, dass dies der Beginn einer wunderbaren Freundschaft war. Zwischen dem Schanninger, dem Pollner und dem Haslinger. Und ich wette meine Hirschlederne samt Leberkäsmesser«, glimpst er zum Wolf, »dass der Willenbrodt auch mit drinsteckt.«

»Ich habe die Bagage das erste Mal 2015 zusammen gesehen«, sagt der Smokey. »Nachdem der Schani das Grundstück im Norden gekauft hatte.«

»Genau. Und im Herbst 2015 ist das Vorhaben von der Stadt öffentlich geworden, dass sie dort oben ein neues Wohnquartier planen.«

»Der Haslinger hat's dem Schanninger also durchgestochen?«, fragt der Wolf.

»Das kann ich nicht nachweisen. Die sitzen im Franziskaner zusammen oder beim Zickleinessen oder am Nockherberg, und nach drei Mass sagt einer ein bisserl zu viel. Und der andere zieht seine Schlüsse draus.«

Sie wandern wieder langsam in Richtung Löwengrube, dieses Mal schlendern sie in der Fußgängerzone, in der, wenn man so schön aufrecht laufen kann wie der Kayacik und der Wolf, noch einige der alten Barockhäuser zu bewundern sind. Oder die Traditionsgeschäfte wie der Oberpollinger oder der Hirmer. Wenn man aber, so wie der Smokey, seine Umgebung eher in Halbhöhe wahrnimmt, dann schaut es aus wie jede andere Ramschstraße irgendwo in Deutschland. Aber den Leuten macht es wenig aus, sie haben es alle eilig, ihr Geld loszuwerden. Der Smokey fragt sich nicht zum ersten Mal, warum Touristen aus aller Welt ausgerechnet in die Shops gehen, die sie von zu Hause eh schon kennen.

Während der Wolf und der Kayacik weiterreden, geht ihm im Kopf herum, wie das Quartett funktioniert hat. Der Haslinger hat als Wirtschaftsreferent das Interesse gehabt, möglichst attraktive Gewerbe nach München zu holen. Damit er die Firmen locken kann, hat er ihnen etwas in Aussicht gestellt, einen besonderen Standort zum

Beispiel oder dass ein Investor wie der Schani ein Bürohaus und Wohnungen hinstellt. Dafür wiederum hat er vom Investor eine Provision zugesteckt bekommen. Außerdem hat er sich mit seiner Expertise auch bei der von Dietz dafür eingesetzt, dass zum Beispiel der Schani den Zuschlag für das begehrte Filetgrundstück an der Balanstraße bekommt. Eine Win-win-Situation für alle. Die Stadt profitiert genauso wie der Haslinger. Der sogar doppelt, als Wirtschaftsreferent und als Privatberater. Der Schani und der Pollner profitieren zunächst auch. Und der Tech-Gigant eh, der hat sie alle an der Angel.

Die Einzige, die nicht profitiert, weil sie es angeblich nicht darauf abgesehen hat, ist die Charlotte von Dietz.

Als ob, denkt der Smokey, aber da komm ich schon noch drauf. Von wegen Benefit.

Einfacher ist die Geschichte mit dem Grundstück im Münchner Norden. Der Haslinger weiß vor allen anderen, dass in der ehemals unattraktiven Wohngegend ein neues Quartier geplant wird. Die Grundstückspreise werden dort steigen, weil sich die Infrastruktur deutlich verbessert. Er sticht es dem Schani durch, der kauft sich ein und wartet so lange, bis sein Grundstück eine deutliche Wertsteigerung erfahren hat, dass sich ein Verkauf für ihn doppelt lohnt. In der Zwischenzeit investiert er null, sondern setzt die bulgarischen Wanderarbeiter in die Häuser, kassiert sie ab und lässt sie die maroden Immobilien herunterwohnen.

Und der Haslinger kassiert schon wieder eine Provision.

»Den Haslinger kriegen wir aber trotzdem dran.« Der Kayacik reibt der Bronzesau vor dem Jagdmuseum liebevoll die Nase.

»Den Pollner aber leider nicht.« Das war der Wolf.

»Wieso den Pollner?«, fragt der Smokey, anscheinend hat er etwas verpasst. »Der ist doch schon tot.«

»Ich meine den Bruder. Quirin.«

Sie stehen an der Ecke zur Ettstraße, wo die beiden gleich in ihren Büros verschwinden, der Smokey aber nicht mehr. Der steigt dann am Stachus in die Tram und fährt heim. Aber erst erklärt ihm der Wolf noch, was der Quirin Pollner für einer ist. Als er damit fertig ist, weiß der Smokey, dass der ältere den jüngeren Pollner-Bruder auf dem Gewissen hat.

Und dass man so einen wegen fahrlässiger Tötung drankriegen müsste. Weil eines ist sicher: Ohne den Quirin Pollner hätte sich der Clemens Pollner nicht um den Baum gewickelt.

22

Der Smokey stellt das Töpfchen mit den bunten Blumen, deren Namen er schon wieder vergessen hat, auf das frische Grab. Die junge Floristin hat sie ihm empfohlen, er wollte keine Rosen oder etwas anderes, das beim ersten Anblick Friedhof schreit. Dem Schani ist es ohnehin egal, dem wäre es wahrscheinlich lieber gewesen, er hätte ihm ein Augustiner und ein Packerl Zigaretten aufs Grab gelegt.

Das Grab vom Schani ist freundlich neutral bepflanzt, noch ist kein Grabstein aufgestellt, sondern das provisorische Holzkreuz. Eine Bank gibt es nicht in der Nähe, deshalb hockt sich der Smokey einfach auf den Rasen direkt neben das Grab, weil es ihm schwerfällt, das im Stehen zu besprechen, was er mit dem Schani besprechen muss. Der hat bis jetzt darauf verzichtet, ihn in der Nacht zu besuchen, und es wär schon fein, wenn das so bliebe.

Der Friedhof ist ein guter Ort zum Reden, und gerade auf dem Ostfriedhof, auf dem er und der Schani viel gespielt haben, fühlt sich der Smokey zu Hause. Es gibt so vieles, was er mit seinem Freund bereden möchte, jetzt ist die Gelegenheit günstig, der Schani liegt festgenagelt unter der Erde und kommt ihm nicht aus. Zu Lebzeiten war der Schani weder fürs Reden noch fürs Zuhören, der war fürs Machen.

Lange hat der Smokey darüber nachgedacht, warum der Schani bis zum bitteren Ende am Clemens Pollner festgehalten hat.

Aber es gibt keine tiefere Wahrheit als die, die die Maria Buco ausgesprochen hat: »Die meisten Leute wissen gar nicht, dass der Herr Schanninger auch ein guter Mensch war.«

Der Clemens Pollner war schon lange erledigt. Der hat Jahrzehnte mit seinem Bruder um den ersten Platz gekämpft. Aber der Quirin hat den jüngeren Bruder systematisch von der Mutter und damit von verantwortungsvollen Posten in der Pollner-Mediengruppe ferngehalten. Der Clemens war der Windige, der Quirin der Verlässliche. Der Clemens hat sich in der Schickeria herumgetrieben, der Quirin hinter dem Schreibtisch versteckt.

Bis der Schani die Balanstraße aufgetan und einen Partner gesucht hat, hat der Clemens Pollner immer wieder versucht, auf eigenen Füßen zu stehen. Aber gelungen ist ihm nichts. Da war die Balanstraße eine Chance zu zeigen, was er draufhat.

Die beiden haben gewusst, dass der Quirin auch um die Balanstraße kämpft, aber weil sie den Haslinger auf ihrer Seite hatten, haben sie den Zuschlag bekommen. Der Clemens hat triumphiert, aber lange hat der Triumph nicht gedauert. Der Quirin ist nur noch näher an die Mama herangerückt und hat seinem Bruder die Luft abgedreht. Sie haben ihn von allen Aufgaben entbunden, in keinem Aufsichtsrat hat er mehr gesessen, nirgendwo war er Geschäftsführer, sie haben ihm Konten gesperrt und Vollmachten entzogen.

Die Familie Pollner hat ihren jüngsten Spross ausbluten lassen.

Und der Schani, der ein guter Geschäftsmann und gewinnorientierter Vermieter gewesen ist, hat es nicht übers Herz gebracht, seinen Geschäftspartner fallenzulassen. Stattdessen hat er Hypotheken aufgenommen und sich verschuldet. Er hat das Geld, das der Clemens nicht mehr in die GmbH pumpen konnte, selbst aufgebracht.

Am Ende waren sie beide erledigt. Der Clemens hat vor Verzweiflung das Gaspedal durchgedrückt, aber, fragt der Smokey in das Grab hinein, was ist mit dir?

Er horcht lange, aber der Schani schweigt sich aus.

Aus der Ferne sieht der Smokey, wie die Frau Wiese sich an einer vollen Gießkanne abschleppt. Immer wieder bleibt sie stehen und muss Luft holen. Er hievt sich hoch, sagt ciao und servus zum Schani, geht hinüber und hilft der Frau Wiese, die volle Kanne zum Grab ihres Mannes zu schleppen.

Sie harkt und gießt und zupft herum, sie redet genauso mit ihrem Mann wie der Smokey zuvor mit seinem Freund. Er bringt die leere Kanne wieder zurück an die Station, danach wandern sie langsam über den Friedhof zum Ausgang.

»Es tut mir ja so leid für das Mädchen«, sagt die Frau Wiese unvermittelt, der Smokey nickt nur, obwohl er nicht weiß, was sie meint.

»Man schaut ja nicht hinein in die Menschen.«

»Nein«, sagt der Smokey, er denkt an den Schani, aber

weil die Frau Wiese bestimmt nicht von dem redet, fragt er nach.

»Der Freund von der Aymée«, sagt die Frau Wiese und ist überrascht. »Haben Sie es denn nicht gehört?«

Der erste Gedanke vom Smokey ist, dass sie den Tahiil abgeschoben haben, unwillkürlich geht er schneller, er will jetzt gleich ins *Eck* und hören, was passiert ist und ob sie etwas für ihn tun können.

»Verhaftet haben sie ihn. Direkt aus der Wohnung heraus. Er soll den Herrn Schanninger getötet haben, kann man sich das vorstellen?«

Nein, denkt der Smokey und bleibt stehen, als könnte er die Zeit anhalten, damit nichts Schreckliches mehr passiert. Nicht der Tahiil. Niemals.

»Woher wissen Sie das?«

»Ich habe doch selbst die Polizei gerufen! Weil mir doch noch eingefallen ist, dass ich ihn gesehen habe. Nicht in der Nacht, als der Herr Schanninger gestorben ist. Aber beim Abriss, da habe ich ihn gesehen. Er hat den Bagger gefahren.«

Der Smokey schaut jetzt in einen Tunnel hinein, sein Gesichtsfeld wird ganz schmal, aber Licht, Licht sieht er keines.

EIN HERZ HAT EIN JEDER

SILVESTER 2019

»Da schau her, die Kuglbauer Theres«, sagt der Schani und greift nach dem Stich.

Schafkopf haben sie schon lange nicht mehr gespielt, weil sie selten vier Spieler zusammenbekommen. Manchmal spielt die Wimmer Susi mit, die ihrer ehemaligen *Tannenstubn* gerne einmal einen Besuch abstattet, aber meistens fehlen entweder die Aymée oder der Schani oder alle beide.

Heute Abend aber, an Silvester, sitzen sie zusammen.

Der Moni schmückt jedes Jahr vor Weihnachten das *Eck* genauso, wie es die Monique immer gemacht hat, erst an Heilig-Drei-König räumt er die Glitzerhölle wieder ein. Feliz Navidad und Joyeux Noël und Merry Christmas sprüht er mit dem Schneespray an die Scheiben, schön und liebevoll, wie es der Monique gefallen hätte. Aber viel hilft nicht immer viel, das *Eck* bleibt meistens leer. Wenn die Aymée ab und zu Lust hat und nach der Arbeit den Tresen übernimmt, kommen auch die jüngeren Leute, Freunde von ihr und Kollegen, dann sitzt der Moni meistens auf der Kinobank und bekommt glasige Augen.

Gäste haben sie heute nicht im *Eck*, die Discokugel

rotiert trotzdem, die würde sich auch drehen, wenn der Moni ganz allein wäre. Die Jukebox wird von der Aymée gefüttert, die hat heute Abend eine Wild Card, weil sie die drei alten Männer am Silvesterabend nicht alleine lässt.

Wobei, wäre es nach ihr gegangen, dann würde sie nicht mit ihrem Papa und den beiden anderen Deppen hier sitzen.

Der Tahiil hat es so gewollt.

Er ist ihr neuer Freund, sitzt neben ihr auf der Bank und lässt sich das Kartenspiel erklären. Die Regeln kapiert er schnell, der Tahiil ist fix im Kopf, aber das mit den Ausdrücken, das ist zu viel verlangt.

Jedenfalls hat er die Aymée überredet, gemütlich im *Eck* zu sitzen, anstatt um die Häuser zu ziehen. Es ist sein Einstand beim Moni, beim Schani und beim Smokey, und man muss sagen: sofort Bestnote.

»Jetzt, Tahiil«, sagt der Schani und donnert den Herz-Ober auf den Tisch, dass der blinkende Weihnachtsbaum aus Plastik wackelt, »magst du ernsthaft ein Koch werden?«

Der Tahiil nickt. »Ja. Gerne.«

»Da verdienst aber nichts, das weißt schon?«

Die Aymée buttert eine Zehn rein und schickt dabei dem Schani einen strafenden Blick zu. Aber der macht weiter. »Als Koch viel Arbeit, no money.«

»Du kannst schon gescheit Deutsch reden«, sagt der Moni, »wie soll er es denn sonst lernen?«

»Die Arbeit ist gut. Macht Spaß.«

Der Smokey steht auf und macht das Radio an, damit sie wissen, wann genau es Mitternacht ist. Obwohl sie alle ein Handy haben, aber so ist es immer gewesen, schon bei den Eltern daheim, und so machen sie es immer noch bis in alle Ewigkeit. Außerdem kommt so die Welt ins *Eck* hinein.

»Eine mysteriöse Lungenkrankheit ist in der zentralchinesischen Metropole Wuhan ausgebrochen. Bislang seien siebenundzwanzig Erkrankte identifiziert worden, berichtete die Gesundheitskommission der Stadt am Dienstag. Gerüchten im Internet, es könnte sich um einen neuen Ausbruch der Lungenseuche Sars handeln, trat die *Volkszeitung* entgegen. Das Parteiorgan zitierte Experten, dass die Ursache gegenwärtig noch unklar sei. Es könne jedoch nicht gefolgert werden, dass es sich um den Sars-Virus handele, schrieb das Blatt. Andere schwere Lungenentzündungen sind eher wahrscheinlich.«

»Geh, mach den Schmarrn aus!«, ruft der Moni. »Es ist doch noch hin bis Mitternacht.«

Aber der Smokey lässt das Radio an, er hört gerne in der Nacht Nachrichten aus der ganzen Welt, dann fühlt er sich wieder wie ein kleiner Bub, der mit seinem Taschenradio unter der Bettdecke liegt und nach Sendern sucht.

Der Schani hat noch immer den Tahiil am Wickel. »Wenn du genug hast vom Kochen, dann komm zu mir. Da kannst du wenigstens gescheites Geld verdienen.«

Die Aymée schaut den Schani an, sie tippt sich an die Stirn. »Als wenn es allen nur ums Geld geht. Jetzt lass halt den Tahiil Koch werden, wenn er will.«

Sie mischt die Karten neu, der Moni hebt ab. Der Tahiil geht zum Tresen, zapft eine neue Runde Bier, der Smokey, noch immer am Radio, schaut zu. Geschickt ist der Junge, das sieht er sofort, dass es gut ist, wenn der etwas mit seinen Händen macht. Wenn der nur Gerüste aufbaut oder auf einer Tastatur herumtippt, ist es verschwendetes Talent.

»Ich will nur, dass er nachher nix bereut«, der Schani wird versöhnlicher, weil er mit der Aymée auf keinen Fall streiten will. »Schau her, euch gehört die Zukunft. Und was kannst du als Koch schon bewegen?«

»Ich ruf die Bumpel«, knurrt der Moni, aber keiner hört ihm zu. Der Smokey lauscht dem Radio, der Tahiil hat das Bier auf den Tisch gestellt und küsst die Aymée, und der Schani holt die Montecristo aus dem Zellophanpapier.

»Mei, bewegen«, sagt die Aymée und mischt. »Was bewegst denn du?«

Sauber ausgebremst, der Schani tut recht beschäftigt mit seiner Zigarre, um Mitternacht muss die brennen, aber richtig, er kann jetzt keine Antwort geben, die er ohnehin nicht hat.

»Der Nico bewegt was«, sagt die Aymée, und sie fangen an zu spielen. »Und der Tahiil ist gerne bei *Hallo München*, da geht's ja nicht nur ums Kochen.«

»Das kann der Tahiil selbst sagen«, sagt der Tahiil.

Der Schani fällt vor Lachen fast vom Stuhl, er verschmeißt sich, wirft den blanken König ab.

»Scheiße«, sagt er und greift nach der Karte, aber die Aymée ist schneller und legt ihre Hand auf den Stich.

»Was liegt, ist tot.«

Keine Widerrede.

23

Das *Eck* ist geschlossen, und bei Hinterkammers daheim ist niemand. Auf dem Handy anzurufen vermeidet der Smokey, die beiden werden wissen, dass er sich Sorgen macht, und sich melden, wenn es für sie passt.

Beim Wolf nachfragen verbietet sich.

Also sitzt er auf seinem Sofa, das Handy vor sich auf dem Tisch, hundert Prozent aufgeladen, drei Balken Empfang.

Damit nichts schiefgeht.

Er mag nicht rauchen, die Heizdecke ist ausgeschaltet, dafür ist sein Gehirn angeknipst, drei Balken, mindestens.

Der Tahiil also.

Kann nicht sein, denkt der Smokey und weiß, dass er damit in die Falle tappt, der er sein gesamtes Berufsleben lang begegnet ist. Wie oft hat er sich das über Nachbarn, Mütter, Söhne, Tanten und Kolleginnen anhören müssen.

Kann nicht sein.

Sie ist so nett.

Er ist eine Seele von Mann.

Immer freundlich! Hat sich liebevoll um die Kinder, Hunde, Eltern gekümmert.

Und jetzt sitzt der Smokey hier und denkt, dass er es hätte spüren müssen, dass der Tahiil einen Menschen töten kann.

Er hat ihn erlebt, mit der Aymée, er hat mit ihm hier gesessen, zu Hause, und sie haben sich unterhalten, er hat gesehen, wie er kocht, wie er Bier zapft und Karten mischt.

Es kann nicht sein.

Er ist so nett.

Eine Seele von Mensch.

Der Smokey spürt auch eine Wut auf die Frau Wiese. Sie kann nichts dafür, sie ist auf dem Highway zur Demenz, aber dass sie nicht bei ihrer ersten Version geblieben ist – nichts gesehen, nichts gehört –, das ärgert ihn. Erst hört sie einen Streit, dann fällt ihr ein, dass sie seine Stimme gehört hat, die sie nur verwechselt haben kann, und zu guter Letzt glaubt sie, dass der Tahiil dem Schani beim Abriss geholfen hat.

Kann sein, dass es so war, kann auch nicht sein.

Für den Wolf wird es letzten Endes irrelevant gewesen sein, was eine Vierundneunzigjährige in der Dunkelheit, mitten in der Nacht, gesehen oder nicht gesehen hat. Allein daraufhin wird niemand verhaftet. Er hat also etwas gegen den Tahiil in der Hand, und jetzt erinnert sich der Smokey, was der Wolf gesagt hat.

DNA.

Eine DNA ist niemals bombensicher, wenn es nach der DNA gegangen wäre, dann hätte der NSU die kleine Peggy in Franken auf dem Gewissen, dabei hat nur ein Labor geschlampt.

Trotzdem lässt sich gegen eine DNA nicht gut argumentieren. Die ist da oder nicht da, und wenn sie da ist, wie im Fall vom Tahiil, dann muss man es erklären.

Trotzdem fehlt dem Smokey in der Causa Martin Schanninger noch immer: ein Gefühl.

Lange muss der Smokey auf dem Sofa sitzen, am späten Nachmittag schreibt ihm die Aymée. Sie sind daheim, der Tahiil ist bei ihnen.

Er braucht sich nicht bemühen, der Anwalt vom Nico kümmert sich um alles.

Jetzt hat der Smokey erst einen richtigen Grund zur Sorge, weil so eine Abfuhr hat er noch nie kassiert, nicht von seinen Freunden.

Der Moni hockt auf einem Stuhl vorm *Eck* und raucht. Das *Eck* ist nicht richtig zu und nicht richtig auf, aber ein zweiter Stuhl für den Smokey geht schon her. Es ist ihr zweites Wohnzimmer, ob geöffnet oder geschlossen.

Wie der Smokey sich setzt, ohne ein Wort, nickt der Moni.

»Ich hab schon gewusst, dass du kommst.«

»Eh.«

Der Moni zapft ihm ein Bier, und der Smokey weiß, dass er nicht fragen braucht, was gespielt wird, weil wenn der Moni reden will, dann redet er. Vorher nicht, egal, was und wie er gefragt wird.

»Die haben Fingerabdrücke vom Tahiil im Bagger gefunden. Der hat dem Schani beim Abriss vom Häusl geholfen.«

»Und was noch?«

Der Moni zuckt mit den Achseln. »Weißt es eh. Der Tahiil ist unschuldig. Er ist halt ein Ausländer. Da braucht's nicht viel.«

»Schmarrn.«

»Sein Alibi ist geplatzt. Er hat gesagt, er war die ganze Nacht bei der Aymée.«

»Aber?«

»Die Überwachungskamera vom Aslan hat gezeigt, dass er eine Stunde in der Shisha Bar war.«

Der Tahiil hat gelogen. Der Smokey hätte seine Hand für ihn ins Feuer gelegt. Dass der gar nicht weiß, was eine Lüge ist. Trotzdem macht ihn das noch nicht zum Täter. Aber der Moni hat schon recht. Einen anderen hätte der Wolf nur zur Vernehmung einbestellt. Bei einem wie dem Tahiil setzen sie auf Einschüchterung.

Im Kopf vom Smokey bläst sich ein Gedanke wie ein Airbag auf und drückt von innen gegen den Schädel. Bevor er ihn zu Ende denken kann, gibt der Moni ihm den Schlüssel vom *Eck*.

»Sperr hinter dir zu. Ich geh packen. Und dann ruf ich den Wolf an.«

Er steht auf, drückt die Marlboro mit seinem Stiefel aus, streicht die Haare aus dem Gesicht und schiebt die Ray-Ban auf die Nase.

»Gib a Ruh, Smokey«, sagt er und geht die Tegernseer Landstraße hinunter.

In den Sonnenuntergang.

Dem Knast entgegen.

24

Er hätte nicht gedacht, dass er die Walkingstöcke jemals hernimmt. Der Smokey hat sie zum Geburtstag bekommen, von der Gabi und dem Klausi.

Heute kommen sie zum Einsatz, sie lösen den Henning ab, aber der Smokey macht sich keine Illusionen. Das, was er vor sich hat, wird zehnmal anstrengender als das bisserl morgendliche Sportgehampel.

Er hat kaum ein Auge zugetan, entsprechend führt sich der Bechterew auf wie ein Derwisch, aber auch das ist ein Scheißdreck gegen das, was auf den Smokey wartet.

Er passt sie vor der Haustür ab.

Sie ist wunderschön in ihrer Kluft. Der Hut ist alt und speckig, gewiss hat sie ihn von einem älteren Zunftgesellen für ihre Walz bekommen. Die Ehrbarkeit über dem weißen Hemd ist grau, so grau wie ihre Augen und grau wie die polierten Perlmutterknöpfe der Weste. Es sind die Augen ihres Vaters, aber so, wie die Aymée ihm auf der Straße gegenübersteht, stolz und trotzig, schaut ihn die Monique an.

Sie hat alles noch vor sich, sie ist die Zukunft, da hat der Schani recht gehabt, ihr Blick und ihre stolze Haltung schleudern es dem Smokey ins Gesicht: Schau dich an. Eure Zeit ist vorbei.

Natürlich geht der Moni für sie ins Gefängnis. Was sind schon ein paar Jahre, wenn du das Größte in deinem Leben schon hinter dir hast?

Trotzdem sind die Augen von der Aymée rot, sie hat geweint und wie der Smokey bestimmt nicht geschlafen.

Sie nickt ihm zu, und dann schlagen sie den Weg zur Isar ein. Der Smokey weiß, dass sie nach Italien geht, von dort aus immer weiter in den Süden. Wo es sie hintreibt und wo sie Arbeit findet. Also wandern sie erst die Isar aufwärts ins Blaue Land.

Sie reden nicht, kein Wort, alles steht zwischen ihnen. Der Smokey sucht einen Anfang, aber er weiß nicht, wie. Ob die Aymée mit ihm reden möchte, kann er nicht spüren, aber immerhin läuft sie ihm nicht davon, sondern nimmt Rücksicht auf sein Tempo. Sie laufen durch Grünwald und Baierbrunn, der Smokey beißt die Zähne zusammen und sieht in der Ferne das Kloster Schäftlarn, wo es im Schlossgarten ein schönes Bier geben könnte, aber nicht einmal an der Aumühle gönnt ihm die Aymée eine Pause.

Am Ickinger Wehr gibt der Smokey auf. Sie sind die Stufen zu der hölzernen Brücke hochgestiegen und stehen direkt über dem Wehr, das wilde Isarwasser reißt ihnen die Worte aus dem Mund und spült sie mit sich fort.

Er stellt sich in eine Ecke des schmalen Durchgangs, an ein geöffnetes Fenster, und schaut hinaus, wo die Isar noch gemächlich auf das Wehr zufließt. Die Aymée stellt sich neben ihn.

Der Smokey schaut sie an. Er liebt sie, wie er seine eigene Tochter lieben würde. Er kennt sie seit dem Tag ihrer

Geburt, und nichts an ihr erscheint ihm fremd, außer der Tatsache, dass sie schuld ist am Tod seines Freundes.

»Was ist passiert?«

»Du weißt es eh«, sagt die Aymée, ihr Blick haucht einen kalten Kuss auf sein Gesicht.

»Ich weiß nur, dass es der Tahiil nicht war. Und dein Papa erst recht nicht. Und dass, wenn der Tahiil kein Alibi hat, du auch keins hast.«

»Wir haben gestritten. Und ich bin ausgerastet.«

Wie oft hat der Smokey in seinem Leben den Satz gehört. Nie hat er ihn ohne Widerspruch annehmen können. Wenn man ausrastet und ein Mensch liegt nachher tot da, dann ist das mehr als ein Ausraster. Und keine Entschuldigung für eine Leiche.

Aber jetzt sagt er nichts, er schaut auf den trügerisch trägen Fluss.

»Er hat uns alle benutzt.« Die Aymée nimmt ihren Hut ab und lehnt sich dicht neben dem Smokey aus dem Fenster. »Er hat das Projekt von *Hallo München* nie ernsthaft gewollt. Er hätte es gemacht, wenn er sein Ziel erreicht hätte. Er hat den Tahiil benutzt, weil er ihm gesagt hat, der Abriss vom Häusl muss sein, damit das Projekt schnell realisiert wird.«

Jetzt dreht sie sich zu ihm, und die Wut auf den Schani ist noch immer in ihren grauen Augen, es ist die Wut, die der Moni auf den Schani gehabt hat, in den gleichen grauen Augen.

»Er hat ihm gesagt, er soll es mir nicht verraten, es sei eine Überraschung! Und dabei hat er alles aufs Spiel gesetzt. Der Tahiil wäre sofort abgeschoben worden, aber das war dem Schani scheißegal.«

Die Sonne, die durch das kleine Fenster auf ihre Gesichter scheint, macht den Smokey müde. Er ist erschöpft von der langen Wanderung, aber er ist auch erschöpft davon, sich Geständnisse anzuhören.

Zum Schluss ist die Wahrheit immer banal.

Die Aymée erzählt, dass der Tahiil ihr verraten hat, was der Schani von ihm verlangt. Der hat ihn noch einmal angerufen und gesagt, er soll ein letztes Mal kommen und den Rest vom Häusl abreißen. Aber der Tahiil hat sich nicht getraut, und dann sind sie gemeinsam hin, weil die Aymée ihren Freund verteidigen wollte. Und der Moni ist hinter ihnen her, er wollte sich um den Schani kümmern und mit ihm sprechen, die Aymée sollte sich nicht mit ihrem Chef und Spendieronkel anlegen.

Der Schani hat schon auf dem Grundstück gewartet, und dann haben sie gestritten. Wahrscheinlich, denkt der Smokey, hat die Frau Wiese in Wirklichkeit den Moni gehört, aber weil ihr die Stimme auch vertraut ist, hat sie sie mit seiner verwechselt.

Irgendwann, erzählt ihm die Aymée, hat sie den Schani geschubst. Von hinten. Weil er seine saublöden Cowboystiefel angehabt hat, ist er abgerutscht und in die Baugrube hinein und mit dem Kopf auf den Stein geprallt.

Auf der Stelle könnte der Smokey einschlafen, auf der Stelle, weil, da schau her, es endet immer gleich, zum Schluss hat der Tote selber Schuld.

Warum hat er auch die blöden Stiefel getragen. Selber schuld.

Er sagt nichts. Er starrt auf die Isar, die ihn ein Leben lang begleitet hat und die ihm jetzt noch bleibt.

Alle anderen haben ihn verlassen.

»Geh«, sagt er zur Aymée, und dann rutscht er mit dem Rücken an der Mauer hinab und setzt sich auf den hölzernen Boden vom Ickinger Wehr, und da bleibt er so lange, bis die Gabi kommt und ihn hochzieht und gemeinsam mit dem Klausi nach Hause fährt.

Der Aymée hat er nicht mehr hinterhergeschaut.

NACH ALLEDEM

Das Foto in der Zeitung schneidet der Smokey aus. Er wird es dem Moni nach Stadelheim mitbringen, es ist zu schön. Als er den Bericht dazu gelesen hat, hat sich das Kaleidoskop in seinem Kopf gedreht, und der fehlende Mosaikstein ist an die richtige Stelle gefallen.

Jetzt ist das Muster perfekt.

Der Willenbrodt von der Bank grinst auf dem Bild wie ein Honigkuchenpferd, weil er bei der Zwangsversteigerung eine astronomische Summe für das Gelände an der Balanstraße bekommen hat.

Der Käufer, der die Summe auf den Tisch blättern musste, ist der Quirin Pollner, der naturgemäß weniger strahlt, weil hätte er das Geschäft damals schon abgeschlossen und nicht sein Bruder, wäre er billiger weggekommen, aber das ist eben eine ausgleichende Gerechtigkeit.

Vielleicht schaut der ältere Pollner-Bruder aber auch so verkniffen, weil er sich einen Rest von Gewissen aufgespart hat und genau weiß, dass der Boden auf dem er steht, das Grab seines Bruders ist, das er ihm selbst geschaufelt hat.

Die Frau Sklarek, die mit dem Spaten in den Boden

sticht, freut sich natürlich auch, weil der Tech-Konzern endlich nach München kommt und dem Quirin Pollner einen Plan hingelegt hat für nachhaltiges Bauen, so wie sie es gerne hätten für ihre Firma und die Mitarbeiterwohnungen. Green Campus. Mit dieser ökologischen Musterbebauung hat die Stadt aka Frau Sklarek eine Eins-a-Visitenkarte.

Und dann kommt auch noch die Schwebebahn!

Der Tech-Konzern hat auch deshalb den Standort München ausgesucht, weil sie für die Stadt eine schöne Elektroschwebebahn konzipiert haben, mit der diese endlich den Berufsverkehr in den Griff bekommen kann.

Pfiat di, Mittlerer Ring!

Ciao, Kohlenmonoxidbelastung!

Und dass sich besonders die Charlotte von Dietz freut, die neben der Frau Sklarek steht, erklärt der Bericht auch. Die Baufirma, die zur Firmengruppe ihrer Brauerei gehört, hat nämlich den Auftrag für die Trasse der Schwebebahn bekommen.

Quasi Profit und Benefit in einem.

Da hat es klick gemacht beim Smokey, und er hat endgültig kapiert, warum die von Dietz bei der Grundstücksvergabe an den Schani und den Pollner der Expertise vom Wirtschaftsreferenten Dr. Haslinger gefolgt ist.

Der fehlt allerdings auf dem Zeitungsbild.

Weil der keine Gutachten mehr schreibt, dafür hat der Kayacik gesorgt.

Der Smokey faltet das ausgeschnittene Bild ein und steckt es zu der CD, die er dem Moni mitbringt. Er muss sich sputen, das hat er auch dem Bechterew gesagt, obwohl's den eigentlich nicht interessiert, aber in der letzten

Zeit ist er kleinlaut geworden, so kleinlaut, dass der Smokey manchmal mit ihm redet, um sich zu vergewissern, dass er noch da ist.

Einerseits liegt es vielleicht am Cannabis, andererseits vielleicht aber auch daran, dass der Smokey viel zu tun hat und sich nicht ständig mit dem Russen auf seinem Buckel beschäftigen kann. Er muss sich um das *Eck* kümmern, zusammen mit dem Tahiil, zurzeit ist es allerdings wegen dem Corona eh geschlossen.

Er erledigt außerdem einigen Papierkram für die Lizzy. Es war gar nicht so wenig Vermögen, was auf die Lizzy übergegangen ist, nachdem sich die Bavaria Bank ihre Scheiben heruntergesäbelt hat. Der Smokey mag noch keine Entscheidung treffen, was mit den Firmen und dem Geld, das von den Zwangsversteigerungen übrig war, passieren soll. Nicht jetzt und nicht allein. Eines aber ist gewiss: Eine Modernisierung bei der Frau Wiese im Haus wird es nicht geben.

Er berät sich darüber mit dem Moni, der nicht mehr ewig einsitzen muss, und dann schauen sie, wie sie zusammen eine Lösung finden, bei der ihnen der Schani auf die Schulter geklopft hätte.

Meiomei.

Oida.

So läuft der Smokey die Ochsenbluttreppen hinunter, schenkt dem Messingschild im 1. OG ein Lächeln und macht sich auf den Weg zum Gefängnis.

Wenn die Besuchszeit beim Moni zu Ende ist, hat er heute ausnahmsweise noch etwas anderes vor.

Er muss raus nach Riem.

»Dann viel Spaß«, sagt die Frau vom Tierheim und drückt dem Smokey einen Impfpass und die Leine in die Hand.

Er schaut hinunter, und die Melusine schaut mit ihren rumänischen Knopfaugen zu ihm hinauf.

»Geh ma«, sagt er, und dann laufen sie nach Hause.

Heim nach Giesing.

OIS CHICAGO!

Gregor und Rebekka, ihr seid wundervoll. Ihr begleitet und tragt mich durch die Seiten. Immer und immer wieder.

Danke für deine Geduld und Mühe, lieber Fritz. Du hast mich an deiner Leidenschaft für das Immobiliengeschäft teilhaben lassen und meine Vorurteile sanft korrigiert. Seit wir uns kennen.

Vielen Dank, Sebastian Krass, dass Sie mir Rede und Antwort gestanden haben. Ihre Artikel in der *Süddeutschen Zeitung* über die Münchner Immobilienlandschaft haben mich gleichermaßen informiert und inspiriert.

Tanja Weber, 2021